PRIX **3** FRANCS

CROIX

ET

MONDE

PAR

LE COMMANDANT ÉLIE COUILLAUD

> Le siècle, qui passe, jette un
> cri de scepticisme, et a dans le
> cœur des élans qui ne procèdent
> que de la foi.
>
> (*L'Auteur.*)

TROISIÈME ÉDITION (augmentée)

PARIS

E. DENTU, ÉDITEUR

LIBRAIRE DE LA SOCIÉTÉ DES GENS DE LETTRES

GALERIE D'ORLÉANS, 17 ET 19, PALAIS-ROYAL

—

1875

CROIX

ET

MONDE

PAR

LE COMMANDANT ÉLIE COUILLAUD

> Le siècle, qui passe, jette un
> cri de scepticisme, et a, dans
> le cœur, des élans qui ne pro-
> cèdent que de la Foi.
>
> (*L'Auteur.*)

TROISIÈME ÉDITION (augmentée)

PARIS

E. DENTU, ÉDITEUR,

LIBRAIRE DE LA SOCIÉTÉ DES GENS DE LETTRES

GALERIE D'ORLÉANS, 17 ET 19, PALAIS-ROYAL

1875

* PRÉFACE (1).

Abstraction faite de toute vaniteuse et folle prétention, j'intitule ce Recueil *Croix et Monde*, parce que le signe de rédemption qui apparaît aux deux horizons de l'existence, — où, entre un innocent baiser et une mystique étreinte, se produisent tant d'incidents, — détermine pour l'humanité, c'est-à-dire pour les puissants et pour les humbles, une attractive et suprême magistrale.

E. C.

---

(1) Les pièces marquées d'un astérisque appartiennent à l'édition de 1864;

Celles portant cette double empreinte, à l'édition de 1867;

La présente publication est, par conséquent, augmentée de tous les morceaux indiqués par trois des signes précités.

CROIX ET MONDE

I

LA CROIX

> Tu t'es fait homme, ô Christ !
> et nul héroïsme n'a, ici-bas,
> égalé ton inaltérable et impo-
> sant dévouement ;
> Comme nulle lumière n'a
> brillé autant que celle que ton
> esprit a projeté :
> Et voici que, par une étrange
> aberration, le mot VIRILITÉ est
> articulé, aujourd'hui, comme
> une invocation qui vienne en
> aide à une nouvelle doctrine
> — *au problématique profit des
> seuls érudits* ou prétendus tels
> — quand la raison proclame
> que les eaux vives et saines
> sont à la source même...
>
> (*L'Auteur*, juillet 1867.)

Arbre mystique et signe austère,
Ton sceau miséricordieux,
Si resplendissant de mystère,
Nous fait toujours songer aux cieux.

De tes bras sacrés, qui s'étendent
Vers des horizons inconnus,
Tu protéges, et tous attendent
Des pardons bientôt obtenus.

Puis, quand tu nous montres le faîte
De l'orbe aux sublimes clartés,
Notre âme pressent la conquête
De la plus belle des cités.

Au doux sommet de la colline,
Au pôle, au zénith, au nadir;
Ou l'œil voit, ou le cœur devine
Cette autre arche de l'avenir :

Reste donc, gage d'espérance,
Notre refuge le plus cher;
Et, de par la sainte croyance,
Notre fin n'aura rien d'amer.

II

*** LA VÉRITÉ

O que d'âpres sentiers, pour arriver à toi,
Auguste vérité; lumière sans prestige;
Fleur dont l'erreur se plaît à tourmenter la tige;
Mais, dont l'essor puissant est une sainte Loi!

A ton mystique attrait, qui captive la Foi,
L'homme cherche, partout, ta trace ou ton vestige;
Et, fervent voyageur, rencontre le prodige
Austèrement suivi d'un imposant pourquoi!...

Car ta cause est divine, ô principe suprême;
Et la force est, dès-lors, un fatidique emblême,
Dans ton noble chemin sûrement projeté :

Qu'il soit donc reconnu que, si ta marche est lente,
Et fait, de la justice, une anxieuse attente,
Ton flambeau sait garder sa sublime clarté!

III

"D'OU VIENT UNE DES MEILLEURES PARTS DE LA FEMME.

> L'homme est si malheu-
> reux que la miséricorde
> devrait être la première
> divinité.
>
> (*Pausanias, général lacéd.*)

> ... Car si la justice *est*,
> par la loi ; Christ, donc, est
> mort pour néant.
>
> (*Épître de saint Paul
> aux Galates*, ii, 21.)

La croix dominait le Calvaire,
Lorsque les pardons s'épandaient
Comme un legs fait à la terre ;
Et que des femmes recueillaient (1) :

.... Aussi, dans la douce lignée
De ces pieux témoins du rachat,
La miséricorde enseignée,
Témoigne-t-elle du mandat.

(1) Or, là près de la croix de Jésus, étaient sa mère et
la sœur de sa mère, Marie, femme de Cléophas, et
Marie-Madeleine.
   (*Évangile selon saint Jean*, xix, 25).

IV

* PÈLERIN!... PÈLERIN!...

La Foi!!,. c'est le code des
masses, parce qu'elles font de
la logique avec le cœur!
(*L'Auteur.*)

Pèlerin, montre-moi ce bourdon légendaire ;
Que je contemple, aussi, la croix de ton rosaire...
Que la pauvre coquille, étoilant ton manteau,
Vaut bien le diamant et l'éclat de son eau !...
Sous l'ampleur du chapeau qui couvre ton front pâle,
Je voudrais voir l'aneth (1) te défendre du hâle.
Viens, mon doux voyageur, reposer tes pieds nus :
Mon foyer vous attend, pieux nouveaux venus....
Mais, près de ce parvis, entonne la complainte
Qui soutenait ton vœu, qui formulait ta plainte ;
Caresse cet enfant que je tiens par la main,
Pour que sa chère voix me raconte demain
Ce que son jeune cœur a ressenti d'extase
En écoutant ton chant, en comprenant la phrase ;

(1) Plante de la Judée, à petits rameaux.

1.

Car tu sais, pèlerin, par les sacrés récits,
Combien Notre-Seigneur aimait tous ces petits!

. . . .

. . . .

Oh! que n'étais-je alors femme de la Judée!
Mais ici je m'égare... et pourquoi cette idée?
Sous la vaste coupole, ou sous l'humble maison,
Ne voit-on pas, partout, ce mystique horizon?
Et, planant, de par Dieu, notre âme souveraine
N'a-t-elle pas, je crois, l'infini pour domaine?...
Aussi, que j'ai rêvé de ce divin berceau,
Qui, dans l'éternité, projette son arceau!...

. . . .

. . . .

Pèlerin!... Pèlerin! j'ai dit... et mon cœur garde
Bien des mots qui pourraient m'échapper par mégarde.

. . . .

. . . .

Femme! femme! Jésus, en mourant sur la croix,
Ainsi qu'une prière, aurait béni ta voix!
Vers le couchant, déjà, l'astre du jour incline;
Vois-tu ses doux rayons iriser la colline;
La flèche du clocher dominer les sommets
De ces ormes touffus, de ces riants genêts?...
Adieu!... Puis, revenant à son hymne plaintive,
Le pèlerin laissait une image naïve...

. . . .

. . . .

Et le chant s'éloigna... dépassant l'horizon,
Où se perdaient, unis, pèlerin et bourdon!...

. . . .
. . . .

Le voyageur parut dans la rustique enceinte,
Apportant un parfum de la montagnes sainte;
Et la main, de la main cherchant la pression,
Provoquait un cantique en l'honneur de Sion!...
Et les cœurs, s'élevant aux célestes demeures,
Les yeux, sans fatiguer, virent passer les heures...

. . . .
. . . .

Et, quand, à l'Orient, la lumière ondoya,
L'on entendait encor l'antique *Alleluia!*

V

* LIBERTÉ

> Si, à l'apparition du christia-
> nisme, l'empire du monde fut
> offert à la pensée victorieuse,
> pourquoi l'humanité douterait-
> elle de cette révélation, impo-
> sant témoignage d'affinité entre
> elle et Dieu ?
>
> (*L'Auteur.*)

I

Enfant, ton premier livre
Est la loi qui délivre
Du joug impérieux de la fausse grandeur,
Et règle le pouvoir de tout dominateur !
Sur l'œuvre qui contient la sublime doctrine,
Sans la comprendre encor, ton jeune front s'incline :
C'est le code divin que le Christ a dicté...
Salut, ô Liberté !

II

Sous la voûte du temple,
Où la foi, qui contemple,

De la sainte parole écoute les échos,
Puisse toujours ton cœur élever ses *Credos!*
Mais que le pain des forts soutienne, dans la lutte,
L'homme qu'à ses destins un faux zèle dispute :
Telle que Dieu t'a faite, en son éternité...
          Enseigne, ô Liberté!

III

En marchant dans la voie
          Où celui qui t'envoie
Du sceau de sa grandeur a décoré ton front,
Tu deviendrais coupable en acceptant l'affront!
Si l'on te dit esclave, élève dans la nue,
En y cherchant l'éclair, ta tête contenue :
Quand, dans de sombres jours, gémit l'humanité...
          Inspire, ô Liberté!

IV

Pour te mouvoir encore
          Du couchant à l'aurore,
La nature, pour toi dévoilant ses secrets,
A d'un autre avenir proclamé les décrets!
Toujours *soldat de Dieu* (1), France! en tes magistrales
De la postérité prépare les annales :
Sous l'imposant drapeau de la fraternité...
          Triomphe, ô Liberté!

(1) Shakespeare.

VI

" AUDACE DANS LA SCIENCE,
HUMILITÉ DANS LA FOI !

> Les ennemis de Dieu sont
> des enfants.   (PLATON.)
>
> Si l'on réduisait en symboles
> les propositions de l'athéisme,
> on n'y verrait qu'absurdité.
>
> (ADISSON.)

Un jour que je songeais comment, en ce bas monde,
L'homme trouve sa tâche et le progrès se fonde,
Un pur esprit passa, qui, des timidités,
Châtiait par ces mots les ambiguïtés :
« L'aigle, au rapide essor, n'attend pas, dans sa voie,
« Le vautour affamé, qui convoite une proie :
« Il vole fièrement jusques vers son zénith,
« Sans songer aux lourdeurs des fils d'un autre nid ;
« Et, du hibou grincheux méprisant le sarcasme,
« Sait reprendre en pitié tout signe de marasme :

. . . .
. . . .

« C'est que, du feu sacré, l'indice radieux
« Appelle à son foyer les plus audacieux ;

« C'est, encor, qu'au-dessus de vos zones infimes,
« On voit d'autres splendeurs briller en traits sublimes;
« C'est que l'âme sait lire en ces affinités
« Le programme divin des hautes libertés;
« C'est qu'enfin, c'est douleur que de vivre sur terre,
« En subissant la loi des angles de l'équerre.
« Quand la noble science, en ses progressions,
« Témoigne à chaque instant, de révélations !..

. . . .

. . . .

« A l'heure où le marin voulut paraître au pôle,
« Sur son cadran déjà palpitait la boussole ;
« Et de l'itinéraire abrégeant les détours,
« Du hasardeux navire allait régler le cours.
« La vapeur succéda; puis, sa force exploitée
« Sur deux grands éléments passait orientée !..
« Ce n'était pas là tout : le verbe humain, troublé,
« A triompher aussi se sentait appelé ;
« Et le génie, enfin, projetant la pensée,
« Des fibres du cerveau simulait la poussée ! !

. . . .

. . . .

« Mais !... Le savant, tout fier de vaincre l'horizon,
« Entre l'esprit et Dieu taisait la liaison !

. . . .

. . . .

« Cependant, les rapports des races agrandies
« Suivaient toujours la loi de leurs analogies !...
« Qui donc avait créé les riches éléments
« Des succès obtenus et des accroissements ?

. . . .

. . . .

« L'intelligence peut envahir, dans sa course,
« Mais il paraît oiseux d'en rechercher la source :
« Le corps et la parcelle, étudiés à fond,
« Dans certain ordre ont bien un sens assez profond,
« Mais les élans du cœur, l'éclair de la pensée,
« Viennent on ne sait d'où!... C'est chose professée!
« Et pourtant... et pourtant... au sein de tout foyer,
« L'homme qui va surgir commence par prier!

. . . .

. . . .

« Savant! cherche toujours : au delà du problème,
« Il faudra, même encore, en levant ton front blême,
« Voir si, moralement, Dieu n'a rien révélé
« Digne de la grandeur dont ce signe est scellé!!

. . . .

. . . .

« Cependant!... Dans ce champ, si rebelle à l'audace!
« Comment moissonnerait le porteur de besace...
« Si la théodicée, en sa suprême loi,
« Au cœur du malheureux n'avait donné la foi?

VII

LES SAISONS

Les saisons tournent les feuillets
du livre de la vie.
(*Sentence arabe.*)

Il est beau, mais pourtant Dieu l'embellit encore,
Ce printemps dont la voix dit que tout est amour.
Quand, pour créer, grandit, à l'égard de l'Éphore,
Sous la voûte des cieux, le modeste pastour.

Il est riche, et, pourtant, Dieu l'enrichit encore,
Cet été, qu'à donner provoqua le labour,
Quand l'effort du travail fit découler du pore
La sueur qui, du front, inonda le contour.

Il prodigue, et, pourtant, Dieu le bénit encore,
L'automne qui diperse à tout vent d'alentour,
Quand l'arbre, en retenant le fruit qui se colore,
Promet d'emplir la main qui se promène autour.

Il est froid; mais, pourtant, Dieu rend plus froid encore
Au pauvre qui gémit l'hiver en ses retours,
Pour que la charité, sublime météore,
Efface le soleil et domine son cours!

VIII

** ALOUETTES

Mon doux chanteur, ouvre ton aile,
Et commence ta villanelle !...
Suivant la loi de l'aiguillon,
Ta sœur partira du sillon,
Pour reprendre la mélodie,
Que, dans son âme recueillie,
Le laboureur confond toujours
Avec sa joie ou ses amours.

IX

* MÉLOPÉE

Sous quel feuillage est donc la brise
Où chante si bien la reprise,
Que ceux qu'instruisent ces concerts
Nous reviennent tous si diserts ?

Quel temple, encor, prête ses voûtes
A ces mystérieuses joûtes
Où retentissent des échos
Fidèles comme des solos ?...

C'est, tour à tour, la voix d'archange
Qu'avec le ciel la terre échange
Ou la foudre, cette clameur,
Dont la note traduit l'ampleur :

Artistes ! poursuivez vos rêves,
Et cherchez au delà des grèves,
Indices des immensités,
De sublimes affinités ;

Car les horizons de ce monde
Portent la légende profonde
Qui dicte à l'homme cet arrêt :
Grandis toujours, être imparfait !

X

** PREMIER SYMPTOME

Prions, ma sœur; cet enfant balbutie
Des mots qu'on dit au séjour des élus!...
— « C'est que, sans doute, au livre de la vie,
« Par l'innocence ils auront été lus! »

XI

* VAGUE INSTINCT

Pourquoi disperser les pétales,
Enfant, de ces roses, tes sœurs ?
Sur le sol, où tu les étales,
Regarde pâlir leurs couleurs !

Mais, j'y songe ; le vent agite
Tes longs cheveux aux anneaux d'or ;
Et le temps, qui marche si vite,
Dans l'avenir, menace encor...

Passez, caprices de l'enfance,
Passez, zéphyrs, passez, hivers :
Toujours, toujours, l'heure s'avance
Des noirs soucis, des pleurs amers...

XII

** LA MADONE

> Les humeurs transcendantes des
> philosophes m'effraient comme les
> hauteurs inaccessibles.
> (MONTAIGNE.)

A . . . .

Petits, que cherchez-vous ?... La fleur de la prairie ?..
Passez par ce chemin, en saluant Marie ;
L'infatigable bras de l'amour maternel
Vous dit : *Enfants, voyez !... ce songe est éternel !*
Aussi n'oubliez pas la naïve prière,
Encens de la pensée, aube de sa lumière ;
Et l'agreste sentier, frayé par vos aïeux,
Vous conduira bientôt à vos travaux joyeux :
Vous trouverez des dons pour patrons et patronnes,
Et de souples rameaux pour toutes vos couronnes ;
Couronnes pour l'ogive où vous allez prier ;
Couronnes pour la tombe et pour le doux foyer...
Où, les genoux fléchis, vos mères, attendries,
De la mère de Dieu diront les litanies !

XIII

* SIMILITUDES

Oh ! l'insouciante engeance
Que ces passereaux joyeux :
C'est l'image de l'enfance
Qui vient s'offrir à nos yeux !

Voyez leur troupe éveillée
Envahir, près du hameau.
Cette douteuse feuillée,
Vieil ornement du coteau :

Branches vertes, branches mortes,
Tout sourit à leurs ébats,
Et les lutines cohortes
S'y livrent de doux combats.

La cité n'est point exempte
Du ramage assourdissant
De cette race, qui chante
D'un entrain toujours croissant.

La flèche, qui monte aux nues,
A ces petits curieux

Prête ses formes cornues
Pour voir de plus près les cieux.

Puis, à la Pâque fleurie,
Le rameau qui vient orner
La discrète galerie
Sous leur poids doit s'incliner !..

Tels sont vos penchants volages.
Vos jeux, vos témérités...
Écoliers de nos villages,
Espiègles de nos cités !

XIV

** SOUVENIR

> Dieu est aussi nécessaire aux
> hommes que la liberté.
> (BARNAVE.)

J'ai redit bien des mots... magique syllabaire,
En tourmentant, enfant, ta page élémentaire ;
Et que de fois, aussi, j'épelai, tout chagrin,
Quelque bribe de choix, prélude du latin !...

Croix de Dieu ! A, B, C : telle était la formule,
Du début qu'au lutin imposait la férule ;
Si l'esprit, dans son lange encor paralysé,
Prenait vers l'inconnu, son essor maîtrisé !

L'inconnu !... c'était Dieu, cet alpha de la vie ;
Et, quand l'élan du cœur vers ce point nous convie,
Quelque obscure que soit la première leçon,
C'est le premier épi d'une immense moisson !

———

XV

* ENFANT ET VIEILLARD

O père, que le grand âge
A de signes attristants !
— Mon enfant, c'est que l'orage
Frappe les hauts monuments...

— Père, la vieille coupole
Du temple où je vais prier
Domine la métropole
Droite comme un peuplier !

— Mon fils, un siècle est une heure
Pour cette œuvre de géant ;
Pourtant, la sainte demeure
Rentrera dans le néant...

— Mais, père, la fin des choses
Te menace donc aussi ?
— Enfant !... l'âme, avec ses causes,
N'a pas un pareil souci !

XVI

* INITIATION

> Le vieillard est la légende
> vivante du Foyer.
> Le Foyer... c'est le rudiment
> de la Patrie !
>
> (*L'Auteur.*)

Viens, enfant, viens parler des lueurs d'espérance
Que voit, dans le lointain, ton limpide regard ;
Comme le printemps fait à l'hiver, qui s'avance,
Ose dire : Avenir!... au résigné vieillard !

Au prisme des beaux jours, j'ai vu les perspectives
De l'immense horizon qu'interrogent tes yeux ;
Et, de cet océan, quand je fixais les rives,
Des bords à l'infini, tout était radieux...

Elle est grande, pourtant, la part que la tempête
S'attribue en ces champs où moissonne la mort ;
Mais il est noble et beau de rêver la conquête,
Et de lutter toujours, malgré les coups du sort !

XVII

* ENSEIGNEMENT

Qu'est-ce, père, que l'épée ?...
— « Foudre de la foi trompée ;
« Des âges premier burin ;
« C'est, surtout, pour notre France,
« Un pouvoir de délivrance
« Projeté sur son chemin ! »

XVIII

** SOLIDARITÉ

Quand, dès vos jeunes ans, l'aspect de la chaumière
Vous fait sortir du cœur la plainte ou la prière ;
Que vous souffrez pour ceux, dont le rude travail
S'accomplit sous le coup d'un implacable bail !
Que votre bras, roidi, voudrait prêter sa force
Au bras, chétif et las, qui, pour vaincre s'efforce...
Quand tout se passe ainsi, votre âme a préconçu
Le remède à tout mal, germant à votre insu !

XIX

*** LACONISME

... De par le monde — entends-tu bien ? · ·
Tu vas cheminer vers la tombe ;
Gouffre entr'ouvert, qui sait combien
Bruït, chez lui, tout ce qui tombe !...

Place où la rose et le cyprès,
Étalent leur choquant contraste ;
Où le sceptre, qu'on voit auprès,
Au passant veut parler de faste !...

Où le silence, en sa leçon,
Est plus éloquent que le verbe ;
Où la Croix — d'un autre horizon —
Montre, enfin, le trajet superbe !!...

XX

* MÈRE ET FILLE

La brise apporte sur son aile,
Le son de l'airain palpitant ;
A cette voix, l'écho fidèle
Mêle son sympathique accent.

Voici l'heure de la prière :
Presse tes pas ; viens, mon trésor ;
Le cierge a repris sa lumière,
La cloche a perdu son essor.

— Mère, vois donc la marguerite
Lisérer le bord du chemin ;
Laisse-moi la cueillir bien vite :
J'aime tant ce joli butin !

— Entends-tu gémir dans les branches,
Ma fille, l'âpre vent du soir ?
— Mère, je crains pour nos pervenches.
Pourrais-je, hélas ! aller les voir ?

— Viens contempler, sur la croix sainte,
La douce image du Sauveur ;
Tu la verras dans une enceinte
Où brillent l'étoile et la fleur.

Deux anges, comme ceux qu'on rêve,
Sont là, prosternés devant Dieu ;
Et l'hymne sacré, qui s'élève,
Avec l'encens, monte au ciel bleu !

— Mère, tes visions sublimes,
Me font entrevoir des grandeurs
Qui dominent les tristes cimes
De la terre et de ses splendeurs !...

XXI

A MONSEIGNEUR
ÉVÊQUE DE...

Vous avez, Monseigneur, la parole bénie ;
Et les cœurs sont émus quand votre litanie,
Éveillant lentement de sublimes échos,
Fait monter, vers le ciel, l'encens avec les mots.

Culte que, cependant, l'ange de la chapelle
Semble, mystiquement, retenir sous son aile ;
Comme un trésor sacré dont il serait gardien
Et que, par sympathie, il voudrait faire sien !

XXII

*** A MADEMOISÉLLE BERTHE...

Je sais un vieux château, dont la solide assise
Voit passer l'ouragan comme une faible brise ;
Dont les murs crénelés, par le temps assombris,
Gardent, à leurs parois, de précieux débris ;
Où la toge et l'armure, aux regards exposées,
Par de pieuses mains ont été déposées ;
Où les fiers souvenirs des services rendus,
Sous l'austère donjon se trouvent confondus :

Non loin de cette tour, une antique chapelle
Voit briller à ses pieds la rose et l'asphodèle ;
Et puis, chaque matin, de gracieux causeurs
Parlent, en gazouillant, de la brise et des fleurs ;
Quand les feux du soleil, — abordant sa couronne, —
Viennent se projeter sur la sainte Madone ;
Que la rosée, en pleurs, épandant ses rubis,
En passant par la rose, arrive au Crucifix !...
. . . .
. . . .
Et c'est, sans doute, ainsi que la note infinie,
Berthe, vous fait rêver de ciel et d'harmonie !...

XXIII

*** À MADEMOISELLE MARIE

Salut à votre nom — saint écho de Judée ! —
Et soyez, bien longtemps, par le bonheur bercée :
Toujours !... aurais-je dit, si le branchu ramier
Ne dessinait l'obstacle, à travers le sentier ;
Mais la Foi, qui pourrait déplacer la montagne,
A, de par une loi, la Force pour compagne ;
Et sait bien qu'au delà des plus âpres saisons,
Un printemps éternel montre ses horizons !...

XXIV

* INDICATION

Portez, ma sœur, l'hysope et le rosaire
A l'affligé qui vous attend la-bas;...
Par ce sentier, un rayon du Calvaire
Jusqu'au grabat éclairera vos pas.

Vous trouverez, sous un toit où le givre
Prête au bois mort son glacial étai,
L'agonisant, qui songe encore à **vivre**
Au doux parfum de la rose de mai...

Oh! grandissez cette chère espérance,
Car vous avez de sublimes accents :
Au saint foyer d'une telle croyance,
Parlez, ma sœur, de l'éternel printemps!

XXV

** PRÉOCCUPATION

A . . . .

On dit que vous priez, quand de fatales heures,
Sous l'aile de la mort, planent sur les demeures;
Que votre douce voix, indice de pitié,
Dans un puissant labeur veut être de moitié;
Et que votre regard, implorant la science,
Sait, au lit des mourants, envoyer l'espérance !

———

XXVI

*** A...

Avec des traits de Madone,
Vous avez ce que Dieu donne :
La douceur, puis la bonté ;
Et l'Ange, qui vous protége,
Dit souvent à son cortége :
« *Elle sait la charité !* »

XXVII

* L'AVEUGLE

> Une page de l'Évangile est
> plus puissante, pour apprendre
> à mourir, que tous les volumes
> des philosophes.
>
> (FIELDING.)

Pauvre aveugle qui, de la vie,
Ne vois plus briller le flambeau,
Si la lumière t'est ravie,
Tu sais les secrets du tombeau.

Ta pensée, amère et profonde,
S'aide d'un si puissant instinct,
Que tu mesures tout un monde
Sur ton rosaire, le matin.

Et puis, le soir, quand du silence
Survient l'effet mystérieux...
Plein de sa foi, ton cœur s'élance
Et trouve la route des cieux.

XXVIII

*** RAMÉE (N° 1)

Lorsque le cœur — sur la misère —
Vient projeter un chaud rayon,
L'âme lui dit : C'est bien, mon frère,
Passons à l'invocation !

———

XXIX

* MYSTÈRE ET INDISCRÉTION

Pourquoi cette main suspendue,
Ce cœur ému, ces doigts glacés
Sur la corolle toute nue
Dont les atours sont dispersés?...
J'ai surpris ton pied froissant l'herbe;
Et ta bouche, au pli courroucé,
A l'instant, maudissait le verbe
Qui ne répondait qu'au passé!...
Insiste encore, ô jeune fille :
Les oracles sont exigeants...
A ces faux dieux, tout ce qui brille
Inspire des avis changeants!
A ton âge, on cherche l'emblème,
Et la main parsème le sol
Des feuilles de la fleur qu'on aime :
De la rose et du tournesol.
Combien de pressants paradigmes
Ont sollicité des bluets
Les mots de ces chères énigmes
Terribles et profonds secrets!...
« Il m'a aimé; m'aime, peut-être,
« Par orgueil, par..., et cœtera... »
Et ce secret, qu'amour pénètre,
Un pétale, enfin, le dira...

XXX

** OU LA QUESTION DE LIMITE EST NÉGLIGÉE...

Lorsque l'on convoite les ailes...
C'est que, déjà, des étincelles
Allument ce puissant foyer
Qui, dans le regard, vient briller!...

Qui fait qu'on adresse à l'étoile,
A travers la nuit et son voile,
De ces baisers dont les ardeurs,
Le jour, ont flétri tant de fleurs...

Et dont la note est infinie,
Dans la ravissante harmonie
Qui livre à l'âme les émois
Des mystères des plus beaux mois!..

Où tout penser est une ivresse;
Et toute brise une caresse,
Que l'on veut rendre au messager
Qui, par le cœur, vous fait songer!...

C'est alors que, prenant la voie,
De celui que le ciel envoie,
On lui dit : *Protége toujours*
Et ma jeunesse, et mes amours!...

XXXI

** CAUSERIE

Pourquoi la fleur de la prairie
A-t-elle une sœur si jolie
Parmi les lis et les œillets,
Que jalousent tant les bluets?

— *C'est que la science surpasse,*
Dans cette fleur, qui brille et passe,
Les tristes effets du hasard
Qui font protester le regard!

— Pourquoi se penche ce calice,
Qui semble obéir au caprice,
Puisque la douceur du printemps
Le défend contre les autans?

Oh! pour cela, c'est un mystère,
Vieille legende de la terre,
Qui s'accomplit, plein de grandeur,
Sous le souffle du Créateur!

— Dis-moi comment fuit et s'efface
La suave et brillante trace
Et des parfums et des couleurs
Dont le ciel dote tant de fleurs?

— C'est encore un divin problème,
Écrit au cœur lorsque l'on aime
Et que l'Ame emporte au séjour
Où, sans la Nuit, marche le Jour!

XXXII

** ÉVOCATION

Mira, la belle,
A ta dentelle
Je vais fixer la fleur des champs;
Pour que sa feuille
Que le vent cueille
Frémisse au doux bruit de tes chants.

Et qu'elle dise,
Si chaque brise,
En ses élans capricieux,
A des caresses
Et des ivresses
Comme un regard de tes beaux yeux.

Mais si l'oracle
Est, par miracle,
Contraire à mes pressentiments...
Que la tempête,
Étrange fête,
Livre la fleur aux noirs autans!...

———

3.

XXXIII

* BOUTADE

Sur la colline,
Blanche aubépine,
Je vois poindre tes frais boutons ;
Et ta feuillée,
Si déliée,
Briller en verdoyants festons.

La pâquerette,
Humble fleurette,
Jalouse tes riches senteurs ;
Et sa corolle,
Qui s'en affole,
Trahit de timides ardeurs.

L'herbe agitée
Semble attristée
Quand la brise apporte aux amants
L'odeur qui passe,
Et, dans l'espace,
Épand ses doux enivrements.

Mais l'aspic rampe,
Et suit la rampe
Qui mène à ton buisson fleuri;
Et puis l'épine,
Plante argentine,
Parsème ton bois rabougri!

O vieux emblèmes,
A quels problèmes,
Soumettez-vous l'esprit humain!...
L'attrait, qui charme,
Est d'une larme
Toujours l'indice ou le chemin!...

XXXIV

REPROCHE

Pourquoi ne pas chanter?... ici-bas, jeune fille,
Les élus comme toi nous font croire au bonheur.
Songe si fugitif!... ô sirène gentille,
Même sous les lambris où pose l'amateur,
Ton gracieux talent voit naître cette extase
Qui, du portique ambré s'élançant vers l'autel,
Jusqu'au sacré parvis accompagne ta phrase,
Quand l'orgue bondissant te fait lire au missel,
Et, soit que du saint lieu tu dises les poëmes;
Soit que la cantilène émeuve par ta voix :
L'âme reconnaît vite, à ses élans suprêmes,
Que, pour parler de lui, de toi le ciel fit choix.

———

XXXV

DISPUTE

Qu'elle est folle
Ta parole.
Quand elle dit à mon cœur
La chimère,
Éphèmère,
Que l'on appelle bonheur!...

— Qu'il est triste,
Le sophiste
Qui veut discuter ainsi :
Sa pensée,
Abaissée,
Est fille d'un noir souci!

— Mais, mon ange,
Si tout change
Dans ce monde décevant,
Je dois croire,
Illusoire,
Ce qui trompe si souvent!

— Ami, songe,
Au mensonge
Qui naît de l'impiété,
Car la flamme,
De mon âme,
Est instinct d'éternité!

XXXVI

* LES MAINS JOINTES

Un jour que, sur mon sein, Laure penchait la tête,
En faisant parler bas de sceptiques douleurs,
Pour calmer, au plus tôt, cette sourde tempête,
Je redis, en riant, l'entente de nos cœurs...
— « Amour! vain sentiment, hochet que le vent jette
« A ce penseur qu'affole un attrait passager,
« Partout où de ta flamme un rayon se projette,
« Chaque phalène humain viendra donc voltiger?
— Dit Laure, — et, de son être épandant la poussière,
« Pour s'amoindrir encor sur le même chemin,
« En phénix déchu finira sa carrière,
« Où le pousse la loi d'un vulgaire destin!... »

. . . .
. . . .

— « Oh! je t'arrache, ici, ton voile de jeunesse,
« Enfant, dont la pensée incite au désespoir;
« Et, jetant sur ton front la ride et la tristesse,
« Fais l'office du temps et brise ton pouvoir;
« Ton pouvoir ici-bas!... car, poursuivant mon rêve
« Au delà de ce jour d'amères fictions,

« J'espère te revoir, mortelle fille d'Ève,
« Au précieux flambeau des sûres visions!...
— « Dans cette attente, ami, qui remplira tes heures? »
— « Pour t'aimer, de nouveau, comme hier je t'aimais;
« La foi qui fait songer aux célestes demeures
« Et promet un bonheur qui ne trompe jamais! »
Et ma Laure, en priant, empruntait aux archanges
Un regard qui, déjà, sur mon front rayonnait;
Et, de ses doigts fléchis, mariant les phalanges,
Affirmait, devant Dieu, que l'amante croyait!

XXXVII

*** LE PAYS

En vain surgissez-vous, riantes perspectives,
Qui montrez à l'œil nu les monts et puis les rives :
Le cœur, préoccupé de secrets horizons,
Malgré maintes ampleurs, voit, en vous, des prisons !..

C'est que le souverain a marqué, dans l'espace,
Des lieux où le bonheur demande peu de place ;
C'est que, de par la loi d'un imposant clavier,
La note la plus douce est celle du Foyer.

C'est que l'être y grandit sur le sein de la mère,
Qui le berce toujours d'une molle chimère ;
C'est que le sentiment, immense Floraison,
Voit encor poindre là sa première saison !

C'est que de l'amitié, les saintes énergies,
Ont, pour avant-coureur, ces subtiles magies
Qui charment tous les bords de l'austère chemin
Où nous pousse, sans cesse, un suprême destin !...

Et voici donc pourquoi cette terre est chérie,
Qui nous vit bégayer le grand nom de Patrie;
Sourire à nos berceaux, ou pleurer sur nos morts,
En élevant, vers Dieu, d'extatiques transports ! !

XXXVIII

*** LE RETOUR AU VILLAGE

Vois-tu, sur l'humble colline,
Un troupeau qui s'achemine
Vers le paisible hameau
Où se trouva ton berceau?

— « Ami, le sol qui s'efface,
« Sous nos rapides élans,
« Me semble narguer la trace
« Des souvenirs et des ans... »

— Crains-tu donc que la prairie
Ne soit plus aussi jolie,
Ou que notre beau soleil
Ait rencontré son pareil?

— « Je crains que cette Isabelle,
« Dont tu connais les yeux doux,
« Aime trop la tourterelle
« Qui vole à travers les houx!... »

———

XXXIX

* PROMESSES PARFOIS SÉRIEUSES

Jeanne, le clocher du village
Ne montre plus son dôme bleu ;
Et, cette nuit, un noir présage
Dit qu'il faut dormir en ce lieu...

Pour calmer ton esprit timide
Et te faire rêver ton lit,
J'étendrai, sur le sol humide,
Le duvet des fruits et du nid.

De tes paupières abaissées,
Mes regards suivront les contours,
Comme ces âmes angoissées,
Qui, vers le ciel, tendent toujours !

Près de toi, douce créature,
Si la brise vient à passer,
Je lui dirai : « Que ton murmure
« Soit bien celui qui sait bercer ! »

Et ta chevelure ondoyée
Verra s'enrichir son ampleur
Par quelque suave envoyée
Du myrte vert et de sa fleur.

Mais, de ta bouche, par mégarde,
S'il s'échappait un mot d'amour...
Je prierais l'ange, qui te garde,
De te protéger jusqu'au jour!

XL

** PAGE INTIME

J'en étais à ce point des choses de la vie,
Où le puissant instinct aux liens nous convie ;
Quand, songeant au bonheur, et rencontrant ses yeux...
Je saisis, dans leur orbe, une image des cieux :

Pour mon regard, à moi, ce fut un trait de flamme ;
A ce signe divin, je reconnus une âme !
Mais, sous de blonds cheveux, une empreinte du temps
Disait : « Pour te charmer, ici, plus de printemps... »

C'était vrai !... Son beau front, siége d'un doux mystère
Ne refléchissait plus les choses de la terre ;
Et si, sous cet arceau, deux étoiles brillaient,
A travers leur éclat, des larmes ondoyaient.

Puis, la suavité des lignes de sa bouche
A mon esprit rêveur disait tout ce qui touche...
J'allais, enfin, subir une suprême loi ;
Et pourtant ! et pourtant ! je me sentais bien roi...

Tellement roi, qu'un jour j'abdiquais la couronne,
Que la nature jette à tout front qui fleuronne,
Pour conquérir, comme elle! un saint droit de cité
Dans un monde où l'on aime en toute éternité!...

XLI

*** RAMÉE (n° 2)

Par l'autan violemment penchée,
    Fleur se fanait
Par la douleur, déjà, brisée,
    Jeanne tombait...

Une immortelle consacrée
    Bientôt disait :
O mort te voilà bien trompée ;
    Puis la raillait...

Et l'âme de la Fiancée,
    — Qui l'entendait ; —
Du haut de la voûte éthérée,
    Applaudissait...

XLII

* BABIL

Mon fiancé, je sais l'heure
La plus riche en ses accords :
C'est le jour, quand l'aube pleure,
Et du lac perle les bords.

— Pourtant, quand l'œil fuit la rive
Pour admirer le ciel bleu,
La peine est si négative
Que ce passage est un jeu.

— Ami, ton âme s'envole
Loin du terrestre séjour,
Et je veux que ma parole
Rende bien prompt son retour.

— Qu'ici-bas Dieu la retienne,
Ange au front si radieux,
Jusqu'au moment où la tienne
Remontera vers les cieux !

———————

4

XLIII

* BLUETTE

O belle, es-tu ma fiancée,
Avec ta fleur moitié penchée,
Tes cheveux noirs, ton front si pur,
Tes longs cils et tes yeux d'azur !

Quelle est suave cette étoile
Qui, sur ton sein, fixe ton voile
Comme un présage de bonheur
Pour celui qui t'offre son cœur !

Que notre avenir soit prospère !
Et que mes noms d'époux, de père,
Premiers fleurons de ta beauté,
Te fassent reine de bonté !

XLIV

*** UN SONGE

. . . .
. . . .

D'abord, j'ai vu des épousées ;
Aux parures tant jalousées ;
Au penser si mystérieux ;
Que leurs cils ombrageaient leurs yeux...

« Demandez, aux devins qui passent,
« Comment ces femmes se délassent
« Des émotions de ce jour,
« Premières pompes de l'amour ? »

— Me disait, en mordant langage,
Un railleur, à l'épais visage,
Par ci, par là, tant maculé,
Que la licence l'eût voilé ! —

Puis, survinrent de frais cortéges :
C'étaient des enfants sous les Neiges
De blancs tissus, couverts de Lis,
— De la candeur premiers lambris. —

Or, ces fils entraient dans la vie,
Et, déjà, surgissait l'envie,
Premier serpent qui mord le cœur,
Dans le sentier de tout chercheur :

— Car chercher est la loi fatale,
Dont la limite sépulcrale
Interrompt, enfin, le travail,
En en proscrivant l'attirail! —

. . . .

. . . .

Et des convois passaient sans cesse,
Bigarrés d'ans ou de jeunesse...
Et le Val saint, sur tous ses bords,
Faisait accueil à tous les Morts!!

XLV

** COMMUNISME

Fléchissez, reines-marguerites,
Sous le vent qui prend son essor;
Car vous aurez, pour acolytes,
Le narcisse et le bouton d'or !

Laissez tomber de vos pétales
Les diamants et les rubis.
Que les étoiles, ces vestales,
Vous apportent du paradis.

Et que, du haut de l'empyrée,
Le soleil, puisant vos parfums,
Les livre à la zone éthérée,
Où tant de trésors sont communs !

XLVI

*** SUR LA PAILLE

« Que le vent gonfle bien la voile qu'il incline,
« Et que doux est, à l'œil, l'aspect de la colline ;
« Que bizarre est, au cœur, le flot capricieux
« Qui lance son écume ou réfléchit les cieux ;
« Que fraîche est la rosée et verte la prairie,
« Dont notre frêle esquif suit la terre fleurie ;
« Que le saule, en penchant son flexible rameau,
« Livre de diamants au joyeux cours de l'eau ;
« Et que l'âme, ô mon Dieu ! par le bonheur bercée,
« Communique de charme au vol de la pensée !... »

Et ces mots s'échangeaient, doux comme des soupirs,
Sur la barque, déjà, confiée aux zéphirs ;
Et le cil, abaissé sur la prunelle humide,
De l'ardente paupière épandait le fluide...

C'est que la folle idée, éclair des visions,
Enfante des tableaux et des illusions ;
C'est qu'un prisme latent, colorant toute ébauche,
Avec l'esprit rêveur, ou contemple ou chevauche ;

C'est, enfin, que l'esquif, à force de détours,
Parait les horizons, en les changeant toujours!...

Pourtant, d'étranges bruits passaient dans le feuillage;
Et lente était la marche, et rude le sillage;
Puis, un soleil blafard, aux rayons tourmentés,
Laissait douter, parfois, de leurs affinités!..

Et le vent déchaîné, faisait clapoter l'onde;
Et, jusque sur les bords, la vague était profonde;
Et prompts à tournoyer, de violents tourbillons
Arrachaient les épis des fertiles sillons.
Quand la barque, cédant à la brise affolée,
De la voile et des bras ne fit qu'une mêlée!..

Tout était dit, hélas! et le coup de la mort,
Aux victimes avait interdit un effort :
L'esquif était couché sur un fangeux rivage;
La houle submergeait son perfide cordage;
Et le mât confirmait, penché sur le talus,
Que maître et passagers n'existaient déjà plus!

Oh! qui connaît l'effet de ce premier silence
Qui succède à l'essor de l'âme qui s'élance,
Voudrait savoir comment, en ces funestes lieux,
Bruirent les baisers, les soupirs, les adieux?...
. . . .

Mais gardez vos secrets, doux et derniers mystères,
Qui, de par Dieu, rendez les douleurs moins amères!...
. . . .

La nuit était venue; et l'austère Angélus
Ralliait tous les cœurs à son saint orémus,
Quand, les genoux fléchis tout près d'une ramée,
Une enfant, reprenant sa charge accoutumée,
Vit surgir, vers le bord de son triste chemin,
Le sinistre tableau d'un bras et d'une main!..

. . . .

Oh! qui dira comment cette voix est dotée,
Qui vibre, à l'horizon, puissante et sanglottée;
Mêlant l'âme au penser et pénétrant l'esprit
De tout ce que le cœur au courage prescrit?...

Toujours est-il qu'au cri de la jeune affligée,
La foule vint répondre, ardente et mélangée;
Promenant, sur les eaux, un anxieux regard,
Auquel chaque débris disait : *Il est trop tard!*...

Trop tard! pour les sauver... telle était la sentence
Lisible dans l'effet du lugubre silence!...

. . . .

Les parents, les amis, étaient arrivés là,
Et ces mots résonnaient : ô mon Dieu! te voilà!
Te voilà!.. te voilà!.. Mais des visions sombres
Passaient sous les regards en projetant leurs ombres...

. . . .

Sainte uniformité du geste et de la voix,
Vous n'avez qu'un élan sous le poids de la Croix;

Et l'homme a, pour ses morts, de si douces caresses!..
Que tout cœur sans blessure, en comprend les ivresses!..

. . . .

Les corps allaient, enfin, prendre place au cercueil,
Et les gémissements préludaient à ce deuil :
Tous — un seul excepté — recevaient l'eau lustrale
Que le vent du malheur ajoute à sa rafale;
Et le souple tapis de l'humide gazon,
A chaqne enlèvement montrait sa floraison!!...

. . . .

Mais, sans le cri du sang, par qui sera poussée
La main qui s'étendra jusqu'à la délaissée?...

. . . .

Au plus profond du cœur, dans notre humanité,
Il est une puissance et c'est la Charité!!
Energique vertu; calme saint; ou tempête;
Au granitique pied; au vol que rien n'arrête;
Qui sait prêter son roc à l'ancre de salut,
Ou parfumer sa voie, en allant vers son but!...

. . . .

Déjà, l'adolescente, enlevée à la plage,
Reposait sous l'abri d'un pâtre de village,
Dont le clocher lointain, fondu dans l'horizon,'
Protégeait, de sa croix, la modeste maison,'
Comme le dernier mot d'une sublime phrase (1),

(1) Bienheureux sont ceux qui sont nets de cœur, car ils verront
Dieu. (*Evangile selon saint Mathieu*, v. 5.)

Dont s'étend, en tous lieux, l'immense paraphrase!

. . . .

Mais l'asile était froid, et son mur suintait ;
Et rude était le sol que la paille jonchait !

Or, le sanglot laissait échapper des paroles
Dont l'accent pathétique évoquait des symboles ;
En demandant pourquoi l'ébauche de ce front
Avait déjà subi la mort et son affront ;
Pourquoi ce galbe fin, aux formes sculpturales,
Était étendu là, glacé comme les dalles ;
Pourquoi ces beaux cheveux, par le vent convulsés,
Par la main de l'enfant ne seraient plus tressés ;
Et pourquoi cette bouche, à l'indicible empreinte,
Ne prononcerait plus une parole sainte ?...

. . . .

Et l'ardente pensée, abordant l'inconnu,
Dans son vol ascendant, trouvait le monde nu ! ! !

. . . .

Et les yeux, vers le ciel, demandaient, à ses voûtes,
Combien la mort comptait de ces sortes de joûtes
Avec quelques printemps !.. au si vaillant défi,
Que, pour les renverser, à peine elle a suffi !..
Car, dans le corps brisé de cette créature,
Chaque âme, en tressaillant, saluait la nature !

. . . .

Et la nuit, inspirant de pieux recueillements,
La prière suivit les attendrissements;
Et chacun se signa, puis, le mystique cierge
Protégea, jusqu'au jour, le sommeil de la vierge!

. . . .

Le jour!.. il arrivait, quand de funèbres sons
Pénétrèreut les cœurs de douloureux frissons!..

. . . .

Et l'enfant fut portée en la sainte chapelle,
Où chacun lui jeta sa branche d'immortelle;
Puis... quand le fossoysur s'empara du cercueil,
Les larmes abondaient sur les plis du linceul...

. . . .

Et le prêtre affirma, par sa parole austère,
Que c'était un vain mot que celui d'étrangère!!

XLVII

** LILAS

Par mille pétales formés,
Tous vos panaches embaumés
Disent combien cette parure
Coûte de soins à la nature.
Pourtant, messagers des beaux jours,
A peine en voyez-vous le cours!...
La main avide de l'amante
Prévient l'orage et la tourmente...
Et puis, il nous faut des bouquets
Pour parer nos joyeux banquets!...
Cette moisson prématurée
Me fait penser, fleur éthérée,
Que, pour ravager sans émoi,
L'homme est esclave d'une loi;
Que le monde est plein de présages;
Que la mort raille tous les âges;
Et qu'un mystérieux destin,
A chaque pas, parle de fin ;
Qu'aujourd'hui ma pensée est folle,
De regretter fleur ou corolle
Quand le soleil, en sa clarté,
N'est qu'indice d'éternité!!

XLVIII

** FLEURS PAR CI, FLEURS PAR LA

Un papillon d'espèce rare,
Un peu curieux de bagarre,
Avait accès dans un jardin
Où fleurissait le romarin.
Les œillets, les lis, la jacinthe,
Étalaient, dans la riche enceinte,
Des tons si doux, si variés,
Que l'azur les eût enviés !
Le bouton d'or, la marguerite,
Étaient exclus, c'est chose dite ;
Car l'habile décorateur
Ne voulait pas de telle fleur !...
« Pour moi, que de plaisirs insignes
« Dans le méthodisme des lignes !
Dit l'insecte, épris des beaux-arts,
« Fi ! du caprice et des hasards !... »
La sentence, hélas ! était folle :
A quelques pas... plus de corolle !...
Un massif, fraîchement rasé,
Devait bientôt être boisé :

5

Un exigeant parallélisme
Faisait justice du fleurisme ;
Dame bêche et sire râteau
Allaient jeter tout à vau-l'eau.
Un tel arrêt, de notre insecte,
Devait redresser l'intellecte ;
Aussi, recueillant ses esprits :
« De quel amour me suis-je épris...
— S'écria-t-il en son langage, —
« Pour la courbe, qui se dégage,
« Ou la droite, dont le gazon
« S'en va menaçant l'horizon !
« Tout cela vaut-il mes prairies
« Et leurs riches bizarreries ?..
« Quittons vite, quittons ces lieux
« Qui semblent limiter les cieux !
« J'abandonne les clématites
« Pour les riantes marguerites.
« Pourrais-je oublier quels émois
« Je leur ai causés tant de fois ;
« Quand mon œil aux mille facettes,
« Sollicité par ces coquettes,
« Avait pour toutes un regard,
« Qu'aucune ne trouvait hagard ?... »
Dans ce vaniteux monologue,
Par trop spécieux épilogue,
On le voit, notre papillon
Ne négligeait pas l'onction !
Bref — l'histoire au moins le rapporte —
Cet insecte, d'humeur accorte,

Se voit encor, par-ci, par-là,
Sur la rose et sur le lila.

A chaque instinct, il faut sa tâche,
De s'en défendre est... fort qui tâche !

———

XLIX

*** CHEVAUCHÉE

Poussé par l'aiguillon d'un étrange caprice,
Dans tes nombreux détours je cherche le délice,
Agreste et vieux sentier, aux parfums enivrants,
Où la couleur se montre en traits surabondants :

C'est ton sol négligé ; ton herbe renversée,
Mais vivace toujours, sous la rare foulée ;
Ton verdoyant buisson, tout paré du carmin
Que lui prête la baie, aux jours de son déclin !..

C'est la séduction des douces perspectives
Qui dentellent le ciel ou festonnent les rives ;
Car le penseur qui suit tes sinuosités
Trouve, à chaque horizon, des bouquets projetés.

Mais, je vois, au travers de branches menaçantes,
L'églantine, qu'on dit être chère aux amantes...
Et l'automne a, pourtant, en sifflements aigus,
Emporté bien des fleurs aux vallons inconnus !!..

L

*** OU L'OUBLI TROUVE
LE REPROCHE

Auprès d'une tombe isolée,
    Fleur se penchait ;
Et, sur sa corolle étiolée,
    L'aube pleurait.

A travers le saule et sa branche,
    Zéphir passait
En caressant cette pervenche,
    Et la plaignait.

Mais, la rosée et la caresse,
    Rien ne faisait :
Fraîcheur, coloris et souplesse,
    Tout se perdait...

Dans la sinueuse avenue,
    L'herbe croissait ;
L'amante n'était plus venue :
    Son cœur changeait !...

LI

PREMIER SONGE

Holà ! fillette de quinze ans,
Que vas-tu faire du printemps !
— « Je redirai la ritournelle,
« Qui revient avec l'hirondelle,
« En des sillons aériens,
« Bercer mes rêves de jeunesse,
« Sous l'ombrage où ma douce ivresse
« Entend des sons éoliens ! »

LII

* QUESTION ET RÉPONSE

Enfant, la douleur, qui tue,
Mine tes seize printemps;
Et, sur ta face abattue,
Ravage comme le temps!

Où vas-tu, pensive et triste,
Sans regards pour le passant?.,.
Pauvre âme! que Dieu t'assiste,
Si mon cœur est impuissant!...

— « Un jour qu'un nuage sombre
« Obscurcissait le soleil,
« Un aigle, planant dans l'ombre,
« Crut entrevoir son pareil :

« C'était colombe branchée
« Que menaçait le destin:
« Et, depuis... l'algue arrachée
« Suit la vague en son chemin... »

LIII

* LA COURTISANE

Mon cœur est bon; mais, vide d'espérance,
Il n'attend plus de beaux jours ici-bas;
Et, de mon front, la sombre déchéance
Vers le malheur précipite mes pas...

Mère, il revient à ma triste pensée
Le souvenir de tes soins si touchants;
Et, bien souvent, la pauvre délaissée
De son berceau répète encor les chants.

Mais, à ma voix, jalouse de mystère,
Quand le cynisme ajoute ses clameurs,
Je pleure, hélas! et ma douleur amère
Repousse, en vain, le mépris dont je meurs :

O vent des nuits, emporte dans la tombe,
Avec mon corps, mon secret désespoir;
Et que ce cri sur ta tête retombe,
Homme insensé qui trompas mon espoir!...

LIV

** PRONOSTIC

Un jour on a dit à ma mère
Que mon existence éphémère
Serait le jouet de l'autan ;
La victime de l'ouragan...

Qu'au pied d'une croix délaissée,
Ma dépouille serait couchée ;
Que la fleur s'y verrait encor,
Mais sans souplesse et sans essor...

LV

* LASSITUDE

Plus rien à faire dans ce monde ;
Plus rien qu'un solennel adieu,
Salut qu'ensevelira l'onde,
Quand je remonterai vers Dieu :
O mon ange, apprête tes ailes ;
L'espace est immense, et je crains
Que ces lueurs, ces étincelles,
Me trompent par trop de chemins !

LVI

** RAMÉE (N° 3)

. . . .
. . . .

« Puis, l'insecte parait son aile,
« Sur un calice tout fané...
« Et les chants d'une villanelle
« Parlaient d'un cœur abandonné...

« Dans cette voie, où la pensée
« Flotte au gré de tous les hasards,
« Oh ! dites-moi, ma fiancée,
« L'âme a-t-elle de ces écarts ?...

— « Ne sais !... Cependant, dans mes rêves,
« Après le naufrage accompli,
« Les gémissements de nos grèves
« Protestaient bien contre l'oubli ! ».

LVII

* DERNIER SONGE

Bonne vieille, qu'as-tu pu lire
En la tempête et son délire;
Et que t'ont dit tous les frimas
Qui succèdent à ses éclats?...

— « Que des douleurs la voix austère,
« En désenchantant de la terre,
« Fait, du moins, grandir, chaque jour,
« L'attrait de l'éternel séjour!... »

LVIII

** NAIVETÉS

> Dans quelle mesure l'usage
> social est-il contraire au véri-
> table principe d'agrégation?...
> (*L'Auteur.*)

Un sarcasme strident, sifflement de vipère,
Altère, à son début, la mission de père :
Pour goûter le bonheur, la fille de Cœlus (1)
Doit compter, à l'avance, avec le vieux Plutus ;
Et, du boîteux Vulcain, les sombres épousailles
Servent de règle encore à maintes accordailles !...
Au fait, les souverains, ces parents nés des dieux,
N'ont-ils pas, dans ce cycle, imité leurs aïeux?...
Puisque tout est obscur, sous la voûte étoilée,
Pour qui veut renier Jésus de Galilée,
Dès tes plus jeunes ans, cherche, enfant, dans sa loi,
La sublime vertu que dispense la foi !
C'est ainsi qu'écartant les soucis de l'envie,
On voudrait, pour chacun, une plus douce vie ;

(1) Allusion à cette phase de l'existence qu'on appelle *la lune de miel*.

Et qu'à l'encontre, enfin, des usages reçus,
L'âme penche vers ceux que le sort a déçus :
C'est en cessant d'aimer que le premier archange
Vit son aile brisée et tomba dans la fange ;
Arrière donc, ici, le mobile banal
Qui, pour guider la vie, offre un pâle fanal ;
Quand la sainte lueur, qui brille au fond de l'âme,
Jusqu'au plus haut des cieux fait remonter sa flamme.
Aussi, sur le chemin de ce nouveau devoir,
A l'esprit le conseil... mais au cœur le pouvoir !!
Pour qu'un jour, à l'autel, après s'être signée,
La femme puisse dire : « Amour à ma lignée ! »
Et que ce chaste cri, noble élan, noble vœu,
Excite, dans l'époux, un solennel aveu !!

LIX

*** QUESTION SANS RÉPONSE

Ta lèvre est pâle; et la douleur,
Femme, courbe ton front rêveur :
Oh! tu dois savoir quelque chose
Du problème que la mort pose;
Car, dans ton anxieux regard,
Se lit le chagrin du retard!...

Si les élans de ta pensée
Font que ton âme est si pressée
D'abandonner tout, ici bas,
Dis, au moins, l'attrait du trépas?...
. . . .
. . . .

Déjà la vie était éteinte,
Dans cette femme; et nulle plainte,
Sinon celle du curieux...
N'avait importuné les cieux!...

LX

** LA GLANEUSE

Au soleil Dieu m'a donné place
Pour te bercer, ô mon petit !
Et ton corps, que mon bras enlace,
Peut se passer d'un autre lit !...

On me dit pauvre, et je suis riche,
Car tu es un bien doux trésor ;
Puis, le sol, que ma main défriche,
Nous laisse encor son épi d'or.

De la moisson cette parcelle
Attire le regard de Dieu ;
Et le grain tombé s'amoncèle
Secrètement en un saint lieu !

D'où l'ange, qui compte les heures
Que le faible donne au travail
Épand la manne en ses demeures
Avec les gouttes de l'aigail.

LXI

** LES MÈRES

Si candide est l'être qui chante
Ce doux et sympathique andante,
Que l'on croirait l'avoir ouï
Auprès d'un lis épanoui...

— C'est que la suave chimère
Te vient de la voix d'une mère
Qui, de l'archange, son aîné,
Dit la parole au nouveau-né !

— Ne vois-tu pas la cime nue
Du mont qui dépasse la nue,
D'où se projettent des éclairs
Dont l'éclat silonne les airs?...

— C'est le front hardi, qui se dresse,
D'une mère dans la détresse,
Qui, pour un fils, las de lutter,
Devant le ciel veut disputer !

— D'où sourd la déchirante plainte
Qui nous enserre en son étreinte,
Et provoque de tels sanglots
Qu'on les dirait frères des flots?...

— *Pourquoi chercherais-tu la fibre*
D'où cet accent s'échappe et vibre,
Quand, pour suivre quelqu'un des siens,
Une âme rompt ses derniers liens?

LXII

*** ANXIÉTÉS

Oh! pourquoi t'en aller si vite,
Enfant, dis-moi, que penses-tu?...
Pour préparer ton dernier gîte
·Le fossoyeur n'est pas venu!...

Tu dors, n'est-ce pas, ma pauvrette;
Et, pour me rendre mes baisers
Tu veux que la jeune fauvette
Ait gazouillé dans nos vergers?...

L'or de mon anneau, ma jalouse,
Est-il plus blond que tes cheveux :
Ou bien, l'attribut de l'épouse
T'inspirerait-il quelques vœux?...

Tu dors toujours!... serait-ce encore
Qu'un songe attriste tes matins;
Ou que les lueurs de l'aurore
N'éveillent plus tous les lutins?...

CROIX ET MONDE.

Oh! que sourire est chose étrange,
Près de toi, pauvre être adoré,
Quand je ne sais plus par quel ange
Ton cœur est désormais gardé!...

Mais, je le sens, ma voix plaintive
Ne doit pas troubler ton sommeil;
Et, dès demain, ma sensitive,
J'interrogerai ton réveil :

. . . .

. . . .

Peu de jours après ce vertige,
Un tertre, aux funèbres remblais,
Couvrait la fleur, couvrait la tige;
Qui disparaissaient à jamais!...

LXIII

˙ FAUSSES TRISTESSES

> Les païens se consumaient à
> *la poursuite des ombres de la*
> *vie* (1) ; ils ne savaient pas
> que la véritable existence ne
> commence qu'à la mort.
> La religion chrétienne a seule
> sondé cette grande école de la
> tombe, où s'instruit l'apôtre de
> l'Evangile : elle ne permet plus
> que l'on prodigue, comme les
> demi-sages de la Grèce, l'im-
> mortelle pensée de l'homme à
> des choses d'un moment.
> (Chateaubriand, *Génie du*
> *Christianisme.*)

Mères, pourquoi souffrir quand l'ange, qui les presse,
Arrache à leurs berceaux vos si chers nouveau-nés ?...
Au livre de la loi lisez cette promesse :
« A l'éternelle vie ils sont prédestinés ! »

Quand Dieu dit à la Mort : Va ! fais cesser ce rêve,
Du bonheur des élus besoin trop anxieux.
La Mort frappe l'épouse ou l'époux ; mais son glaive,
Au délaissé prépare un chemin radieux !

(1) Job.

Arbitre du foyer, quand le vieillard, qui pense...
Sur ses fils bien-aimés jette un dernier regard...
Des sceptiques douleurs proclamant la démence,
Il meurt, en ajoutant : « Nous nous verrons plus tard ! »

LXIV

* LA MOURANTE

Oh ! quel est ce cri d'espérance
Qui trompe, ainsi, ta défaillance ?...
— « Attends ! mère... je me souviens...
« C'est le bon Dieu qui me dit : Viens !!! »

LXV

*** L'ESPÉRANCE

A qui veut essayer d'abandonner ton rêve,
Espérance au saint nom, sublime affinité,
Arbre du paradis, à l'abondante séve ;
Mortel est le travail de cette anxiété :

Du ténébreux tombeau la pierre se soulève
Dans son esprit, déjà, tristement révolté,
Sans que l'âme, d'abord, se recueille et s'élève,
Par un suprême élan, vers la grande cité!...

Et le monde est témoin de cette erreur funeste,
Qui se produit, parfois, sous la voûte céleste,
Comme un vent de malheur qui fait le chemin nu :

Mais, avant que le corps soit inerte et repose,
Le bon ange a passé, démontrant toute chose,
Et, dans le sein de Dieu, l'être est le bienvenu !

LXVI

SÉPARATION ET PROTECTION

Dors, petit, sous l'aile blanche
De cet esprit radieux
Qui, pour que ton cœur s'épanche,
Vient d'abandonner les cieux.

Naguère, ta plainte amère
Cédait au plus doux baiser,
Mais, déjà, ta jeune mère
Ne pourrait plus t'apaiser...

Pour ces êtres, quand les anges,
Enfants, descendent veiller :
C'est que bien loin de vos langes,
La mort les fait sommeiller.

LXVII

✳✳ RAMÉE (n° 4)

. . . .
. . . .

Et, pour le cœur, pourtant, Dieu le consacre encore
Cet espace borné que l'on appelle *un jour !*
Quand l'enfant, qui paraît aux lueurs de l'aurore,
Au coucher du soleil a changé de séjour !...

LXVIII

* CONFIDENCE

Vois, au sommet de la colline,
Incliner un signe de deuil
Vers cette touffe d'aubépine
D'où part le doux chant du bouvreuil :
Là repose, si regrettée,
Celle dont j'attends le réveil.
Que le chantre de la vallée,
De par Dieu, berce son sommeil !...

LXIX

** RAMÉE (n° 5)

On appelle bien savoir lire
Interpréter lettres et mots ;
Mais comprend-on ce que veut dire
Un doux regard... sans les sanglots !...

Lorsque la larme est dévorée
Par la fournaise, au fond du cœur,
Et que l'âme, désespérée,
Voit s'enfuir son dernier bonheur...

Celui qu'apporte l'espérance
De se serrer encor la main,
Quand le calme, après la souffrance,
Peut faire croire au lendemain ?

LXX

*** LÉGENDE

J'ai souvenance
Qu'en mon enfance
— Signe sacré
Si vénéré, —
Tu m'apparaissais, avec l'aube,
Au point le plus brillant du globe,
——— Où mon regard extasié,
Voyait Jésus crucifié! ———
Et que l'étoile,
Quittant son voile,
Venait, le soir,
Me faire voir
La tombe blanche,
Que mainte branche,
En ses retours,
Baisait toujours :
..... Les horizons de ma pensée
— Que mon âme tenait bercée —
D'un ineffable cycle, effaçant le contour,
Me révélaient, ainsi, l'immense loi d'amour!

6.

LXXI

* ÉTRANGETÉS

Que j'aime le voile sombre
De la nuit, qui vient bercer,
Sous son immense pénombre,
Les douleurs qui vont passer.

Que j'aime la plainte aiguë
Du vent, qui sait cette loi ;
Et, par une étroite issue,
Vient me dire son émoi.

Que j'aime l'épais nuage,
Ruisselant sur mon vieux toit,
Comme une imposante image
De la pitié qui s'accroît.

Peut-être aimerais-je encore
Le précurseur éclatant
Du fulgurant météore
Qui frapperait le méchant.

LXXII

*** LA MER

> Dans le temps, sa part est si
> grande,
> Que son vaste poumon de-
> mande,
> Un hémisphère pour foyer,
> Et douze heures pour respi-
> rer (1).
>
> (*L'Auteur.*)

O salut! imposant symbole
De tout ce que put la parole
De ton maître, de Jéhova!
Quand son verbe te captiva...

Aussi, pour franchir ta limite,
Ton cours prétentieux imite
La marche de l'humanité
Dans la splendide immensité :

(1) On sait que, pour accomplir les oscillations pé-
riodiques qu'elle subit, la mer met six heures pour
monter, et le même temps pour se retirer ; demeurant,
d'ailleurs, stationnaire, à peu près un quart d'heure,
entre ces deux évolutions.   E. C.

Mais, cet effort meurt sur la grève,
Pour témoigner que c'est un rêve
Qu'un tel élan vers l'infini,
Dont l'esprit seul n'est pas banni !!!

LXXIII

* L'APPAREILLAGE

> « .... Je sentis au cœur
> « des frémissements de joie.
> « car, évidemment, cette terre
> « est une geole : nous sommes
> « les fils des libres espaces ;
> « et les océans d'eau ou de
> « sable nous attendrissent parce
> « qu'ils nous rappellent notre
> « patrie ! »
>
> (PAUL DE MOLÈNES.

L'horizon sourit à nos voiles !
Soyez joyeux, mes matelots :
Je vous promets d'autres étoiles
Qui brilleront sur d'autres flots.

Vite aux agrès ! à la mâture !
Salut au ciel que nous quittons ;
Que sa couleur soit notre augure,
Alerte ! enfants... partons ! partons !

Partons, vers les rives lointaines,
Où tant de trésors sont promis
A qui sait trouver ses domaines
Bien au delà de son pays ;

Oh ! Vierge, le vaisseau rapide,
Que vont menacer les autans,
Se place sous ta sainte égide
Pour traverser les Océans !!!

LXXIV

*** L'ÉPAVE

. . . .
. . . .

Sur le récif, au ton sinistre
    Un bruit passait :
La tempête, effroyable sistre,
    Agonisait !...

Mais la vague, encore puissante,
    — En s'avançant —
Ébranlait la noble charpente
    D'un bâtiment...

Cyprès mystique de la dune,
    Le tamaris,
Dominait tristement la hune
    Et les débris...

Tout, enfin, parlait du naufrage
    — Fait accompli —
Des morts couchés sur le rivage
    — Linceul sans pli. —

Où l'on entendait prier l'ange,
 Des matelots ;
Avec une voix sans mélange ;
 — Malgré les flots !... —

C'est que l'Océan fait silence,
 Quand ces esprits,
Disent le mot de délivrance
 A des proscrits !...

LXXV

*** A UNE DAME BRETONNE

Dites-moi si vos hirondelles
Ont du feu sacré sous leurs ailes
Pour lutter aussi vaillamment
Contre l'espace et l'élément?

Ne me cachez pas davantage
Si, défiant tout noir présage,
Vos intrépides nautonniers
Fatiguent la main des voiliers ;

Si vous avez, parfois des rêves
Aussi tourmentés que vos grèves,
Quand l'Océan s'en vient bondir
En les forçant à tressaillir ;

Si vos bruyères embaumées
Sont toujours aussi caressées
Par les frais baisers du matin
Que le premier né d'un hymen ;

7

Enfin, si vos âmes trempées
A la grandeur des épopées,
Conservent à jamais la foi,
Cette suprême et sainte loi!!

LXXVI

* RÈVERIE

Il va donc t'emporter, pauvre petite feuille,
Le fougueux aquilon qui fuit vers l'Océan ;
Et, d'un triste penser, l'âme, qui se recueille,
S'émeut au nouveau deuil qu'accuse ton élan.

C'est que, vois-tu, l'effort qui t'enlève à la tige,
D'où contre le soleil tu protégeais nos fronts,
Bruit comme un final de l'heure du prestige
Qui, pour nous détromper, sonne des coups si prompts !

Mais, dans l'immensité qu'envahit la tempête,
Tu disparais déjà sur l'aile des autans ;
Et la vague au récif apportant son arête.
Agonise ta fin... comme les ouragans...

Oh ! serait-il donc vrai qu'il est des harmonies
Qui, même de l'atome ont mémoire ici-bas,
Chants tout mystérieux, sublimes litanies,
Préludes imposants que la voix ne sait pas !...

Bercez, bercez pourtant nos rêves éphémères,
Tristesses, qui, d'un bond, passez sous le soleil :
La torpeur des hivers vous a pour messagères ;
Mais les fleurs du printemps souriront au réveil.

LXXVII

** OU LA RÉALITÉ DÉFIE LE RÊVE

Dans ta couche toujours bercée ;
— Que tu sois calme ou courroucée —
O mer ! ô splendide élément !...
Qui dit t'avoir vu — dans un rêve —
Creusant ou caressant la grève...
En son orgueil, s'égare ou ment !!

LXXVIII

** LE VAISSEAU

> Il y a quelque chose d'aérien
> dans la gloire ; elle forme, pour
> ainsi dire, la nuance entre les
> pensées du ciel et celles de la
> terre.
>
> (Mme DE STAEL.)

C'est l'immensité qui caresse
Mon pavillon et ses couleurs ;
Sur les Océans que se dresse
Ma nef, aux étranges splendeurs !

Ma structure est un assemblage
De robustes fils des forêts ;
Qui, tous, favoris de l'orage,
A m'en parler sont toujours prêts !
Tout est pensée et saint délire.
Si je vogue sous le ciel bleu,
Aux accords de l'immense lyre
Pour qui la note n'est qu'un jeu ;
Quand il faut, calme et mesurée,
Charmer le plus chétif oiseau,

Où troubler la voûte azurée
Comme pour en briser l'arceau !..

. . . .

. . . .

La nuit !... mon rêve est ineffable !...
Je chemine sous l'œil de Dieu !...
Et nul récit, et nulle fable,
Ne sauraient exprimer l'adieu
Du soleil qui, dorant la voile,
Va disparaître à l'horizon,
Pour faire place à cette étoile,
Fille de sa déclinaison...

. . . .

. . . .

Puis, des lueurs phosphorescentes,
Jalouses sœurs du firmament,
Viennent scintiller sur des pentes
Où l'or se mêle au diamant !
Et de la vague ainsi parée,
La magique ondulation
Fait songer à la fiancée
Qui cède à son attraction...

. . . .

. . . .

Quand la tempête déchaînée
Veut envahir l'immensité,
De la colère, son aînée,
Je ressens l'électricité ;
Et, dans ma stridente mâture,
Passent de si sinistres bruits,

Que ma carène et sa membrure
A la plainte se voient réduits...

. . . .

. . . .

Alors !... l'Océan, le tonnerre,
Enflant leurs voix, à qui mieux mieux,
Se prennent à gronder la terre,
Ou bien à gourmander les cieux !...

. . . .

. . . .

Et la mouette, en son sillage,
Vient annoncer à l'équipage,
Qu'ainsi qu'elle je vais subir
Les caprices de l'avenir...

. . . .

. . . .

Par la tourmente enfin poussée,
Ma puissante coque, lancée,
S'en va cotoyer le récif,
Dont l'aspect, sombre comme l'if,
Semble se couvrir d'un suaire
Quand la lame, au pli funéraire,
Vient, affolée, en écumant,
Bondir jusque sur le brisant !...

. . . .

. . . .

Ma barre, de sueurs baignée,
De sang, parfois, est imprégnée...
Mais, j'ai des forts et des vaillants
Pour vaincre tous les assaillants !...

Aussi, sur ce champ, au ton glauque,
On entend bientôt un cri rauque,
Et le porte-voix, respecté,
De puissance s'est injecté !!!
A telle enseigne, que ma proue,
Dont l'algue souffletait la joue,
Passe à travers tous les écueils
Comme parmi de froids cercueils,
Dont la rangée, étrange et fausse.
A fait un piége de la fosse !...

. . . .

. . . .

Enfin ! domptant le flot amer,
Je vogue sur la haute mer . . .

. . . ., ...

. . . . , . .

C'est alors que le tableau change ;
Et qu'un mystérieux archange,
Montrant l'horizon désolé,
Fait croire en un monde troublé :
Car c'est pitié, du moins il semble,
Que de chercher, dans cet ensemble,
Un de ces jours irradiés,
Qui brille aux yeux extasiés :
Quand la nature, en ses largesses,
Épand les sublimes ivresses
Dont les printemps et les étés
Font autant de félicités . . .

. . . .

. . . .

7.

J'ai fait un pacte avec la terre,
Pour défier l'onde et les vents ;
Et ma force que rien n'altère,
Se joue avec les éléments ...

Lorsque l'on voit un noir panache
Se confondre avec mes agrès ;
C'est pour ma voile, qui se cache,
Signe de deuil et de regrets...

Et puis, vaine et futile entrave,
Satan, venant des sombres bords,
De rage, projette sa bave
Jusqu'au-dessus de mes sabords
Pour disputer, de son domaine,
Le principe si précieux...
Dont cette fière espèce humaine
Fait usage victorieux !

. . . .

. . . .

Quand sonne l'heure des batailles,
Il faut voir comme je suis beau
Sur cette mer, sans funérailles,
Sur ce champ d'honneur sans tombeau !...

. . . .

. . . .

Puisqu'elles tombent, les barrières,
Que les océans font surgir ;
Pourquoi trace-t-on des frontières
Que le canon fait seul franchir ?

. . . .

. . . .

En attendant que ce problème
Se résolve, de par la paix,
Je porte un sacré diadème ;
Un talisman : le nom français ! ! !
Dans la lutte, je sais les heures
Qui bercent la postérité ;
En résonnant dans les demeures,
Où sainte est l'immortalité,
Où la gloire, cette compagne,
Est l'enfant chéri du foyer ;
Où la chaumière est la montagne
Ou l'on entend toujours prier ;
Où la légende prend sa place,
Retentissante de grandeur,
Soit qu'il s'agisse d'une race
Ou de mon frère *le Vengeur ! !*...

. . . .
. . . .

LXXIX

*** UN SPECTRE MARIN

De sinistres alternatives
Avaient précédé l'abandon
D'un corps qui passait sur les rives
Comme un agent de l'Achéron :

Cette masse, informe et noircie,
Dominait encor les brisants ;
Mais, dans sa marche appesantie.
Suivait l'impulsion des vents...

Son mouvement, près du rivage,
Où son flanc montrait des sabords,
Semblait annoncer l'abordage
D'un sombre équipage de morts ;

Qui, tous envoyés de l'abîme,
En ce jour, arrivaient pour voir
Si la dune, ainsi que sa cime,
Se maintenaient dans le devoir...

Car la vague était haute et forte ..
L'horizon terne et désolé...
Et l'Océan, on le rapporte...
Avec le Ciel, grondait, mêlé!

LXXX

* L'ISTHME DE SUEZ

> Par un miracle humain, ton
> segment, désuni,
>   Au voyageur troublé, parle
> de l'infini !
>
>   (*L'Auteur.*)

Sous la tombe qui te recouvre,
Que vas-tu dire, ô Pharaon !
Car voici qu'une route s'ouvre
Entre le vieux Caire et Sion ! ! !

Pour envahir toute la terre,
Au nom de la fraternité,
Qu'il est donc puissant le mystère
Qu'ignorait ton Prêtre exalté...

Puisque le souffle évangélique
Va pousser, vers la mer biblique,
L'imposante nef du croisé...

Laissant voir, à cette autre race,
L'inutile et pénible trace
De l'esclave fanatisé !

LXXXI

*** CONTEMPLATION

Je dis l'étoile
Et non la voile
Que ce marin regarde ainsi ;
Car le bruit vague
De chaque vague
Le fait rêver à l'infini !

C'est qu'un tel songe
Est sans mensonge ;
Car le cœur lit avec l'esprit,
Dans cette voie,
L'immense joie
Du solennel et grand écrit !

Puis la prière,
Dont la paupière
Couve les méditations,
Envie aux anges
De ces louanges
Qui font leurs adorations...

———————

LXXXII

* DOUBLE EMPREINTE

L'idée est le levier de l'avenir
(*L'Auteur.*)

Comme le soc, en son sillage,
Le penser creuse le visage ;
Mais, par ce double et saint effort,
Germe le grain ou l'esprit fort :
Et puis, à sa surface blonde,
La terre en richesses abonde ;
Et l'épi mûr incline au vent
Comme l'homme qui va rêvant...
Qui va rêvant sous la tourmente...
Où son âme, toujours ardente,
Brille de l'éclat du labeur
Au foyer qu'on nomme le cœur !

LXXXIII

** GENS DE LETTRES

Sans les veilles des gens de
lettres, un empire perdrait, au
moins, de son éclat.
(F. BACON.)

Quel est ce courant qui passe,
En irradiant l'espace
De magnifiques lueurs ?
— Or, c'est ce qu'explique au monde
Toute parole qui fonde
Dans l'esprit ou dans les cœurs :

Car chaque âge a son génie
Qui, des lois de l'harmonie,
Envahissant les chemins,
A tout siècle qui doit suivre,
Montre le but à poursuivre,
En ennoblissant ses fins !

LXXXIV

** LES ÉCHOS

J'ai des échos pour la parole
De ce ministre du Seigneur
Qui, traduisant la parabole,
Proclame haut la loi du cœur !

J'ai des échos pour la parole
Du penseur qui veut voir grandir
L'humanité, dont l'auréole
A des rayons dans l'avenir !

J'ai des échos pour la parole
Du laboureur qui, dès l'aigail,
Sous l'arc de l'immense coupole
Entonne l'hymne du travail !

J'ai des échos pour la parole
Du preux dont l'accent irrité
Stigmatise le protocole
Qui formule l'iniquité !

J'ai des échos pour la parole
Du chef, au sacré talisman,
Qui saurait inspirer Arcole
Ou parler comme à Mont-Saint-Jean.

— Ainsi le veut Dieu, qui regarde
Dans la splendide infinité,
Tout ce qu'il confie à ma garde
Car, je m'appelle Piété ! !

LXXXV

* VAIN ESSAI

Libre enfant des hautes cimes
Toi qui dors sur les abîmes,
Tourmenté par l'aquilon;
Que t'a narré la tempête
Quand, passant sur cette crête,
Elle entraînait un aiglon?...

— « Que sa puissance était vaine
« Pour contenir dans la plaine
« L'audacieux roi des airs,
« Qu'ont bercé, dans les nuages,
« Les deux sublimes langages
« De la foudre et des éclairs! »

LXXXVI

* GÉNÉRAL

A qui veut connaître la taille
De l'arbitre d'une bataille,
Je dirai qu'il est souverain ;
Que sa voix est sœur de l'airain ;
Que sa pensée est un mystère ;
Que son œil envahit la terre ;
Et que son geste a la grandeur
Qui fait surgir toute splendeur !

LXXXVII

* NAPOLÉON (1)

> Un drapeau, consacré par le
> feu de la poudre,
>   Etend ses nobles plis sur ce
> Dieu de la foudre ;
>   Dont l'épée, au fourreau,
> captive désormais,
>   Sur l'Océan d'acier, ne bril-
> lera jamais.
>
> (*L'Auteur.*)

Oh! saluez ce capitaine

Qui, mettant la gloire en haleine,

(1) C'est faire un trop rigoureux procès à ceux qui
nous ont précédés, que d'entacher leur mémoire de
servilisme parce qu'ils ont secondé, avec un religieux
et sublime dévouement, le glorieux soldat dont toute
chaumière a vénéré le nom ;

Et pourtant, c'est là, surtout, que le sacrifice était
incessant !

Que l'épithète de niais ait, d'ailleurs, frappé, depuis,
les hommes du champ de bataille ; que l'actualité ait
encore — pour ceux qui ont gardé la foi militaire —
d'étranges railleries ; les événements viennent, parfois,
redresser, d'une manière terrible, ces imaginations dé-
voyées; mais, quand l'admiration s'est emparée de toute
une génération, il faut bien admettre que ce sentiment
a eu sa raison d'être ; et que l'appréciateur se trompe,

A porté ses pas de géant
Des bords enchantés de la Seine,
Jusqu'au rocher de Sainte-Hélène,
Ce Golgotha de l'Océan !!!

Sous un dôme, où le pleur murmure
Comme le cœur de sa blessure,
Le mot sublime de grandeur,
De l'airain creusant la nervure,
Sur la nouvelle sépulture,
S'allie au nom de l'Empereur !

C'est qu'en traçant mainte épopée,
Il passait, avec son épée,
Sur l'orbe antique des Césars,
Sa grande âme préoccupée
Des vœux de la prosopopée
Qui parlait sous ses étendards !!

si, altérant les conditions historiques, il brode ses re-
vues rétrospectives sur le canevas contemporain.

Partout, enfin, où dans les évolutions de l'humanité,
se trouvent des épisodes de grandeur, c'est — croyons
nous — une faute que de les nier, et une timidité que
de les taire !   (*L'Auteur* E. C.)

LXXXVIII

* GRANDS HOMMES

Où donc est le doigt qui dirige,
Au plus haut point de l'horizon,
Tous ces géants que le prestige
Couvre d'un sublime blason?

Qui donc a voulu que l'histoire,
Pour s'enrichir de noms fameux,
Eût un talisman!... Le mot Gloire!
Ce mobile venu des cieux?

... Pour que chaque race comprenne
Les destins de l'humanité,
Le génie étend son domaine
Aux sources de la déité!!

LXXXIX

** MARÉCHAUX DE FRANCE

Vous éliez déjà nés, quand, vainqueur à Bouvines,
Votre noble parrain, fixant nos origines,
Montrait, à l'horizon, l'avenir constellé
Par le pacte éclatant qui se trouvait scellé (1).

Depuis que ce signet a marqué notre histoire,
Un bruit mystérieux parle toujours de gloire :
Dans tout champ parcouru, l'on entend le sillon,
Dire au soc : « Tu pourrais armer un bataillon ! »
Et le guerrier qui lutte, en mesurant l'arène,
S'écrie : « Oh ! je voudrais illustrer cette scène ! »

Puis, d'échos en échos, ces imposantes voix
Vont poussant des soldats jusque sur le pavois ;
Et, ravi par les chants d'une sublime fée,
Le Français, au berceau, rêve bronze et trophée !!!

(1) Les maréchaux de France furent institués sous Philippe-Auguste.
en 1185 ; et la bataille de Bouvines, gagnée par lui, le 27 juillet 1214,
sur les Impériaux, les Anglais et les Flamands, fixe l'époque de la trans-
formation complète des Francs en Français et est la première où l'on
reconnaisse un esprit de nationalité.

(Histoire.)

8

XC

* LE DRAPEAU

Électrisant les cœurs et rehaussant les tailles ;
Saint drapeau, noble emblême, âme de nos batailles,
Tous ceux qui sont passés sous tes plis généreux,
De race en race ont su se montrer valeureux !

De l'acier radieux, irisant l'étincelle,
Ton flot conduit encor la vague solennelle
Que pousse à l'horizon le vent de l'avenir
Quand, pour te couronner, il faut vaincre ou mourir !

A ton lambeau sacré, si le feu de la poudre
Imprime, en défiant les lueurs de la foudre,
Le sceau resplendissant d'un pouvoir souverain !...

C'est que, pour consacrer toute grandeur acquise,
O gardien révéré d'une sainte devise,
Tu es, pour nos soldats, le frère de l'airain !

XCI

** LE CLAIRON

> On ne sait pour quel temps sa
> métallique voix
> Doit encor convier aux subli-
> mes exploits!...
> (*L'Auteur.*)

C'est par des baisers que la gloire
Provoque mes sons belliquenx;
Quand il faut avertir l'histoire
Que nos aînés ont des neveux !!

Qu'au frontispice de son temple,
Il s'agit d'inscrire un grand nom ;
Que la postérité contemple
De par mon frère, le canon !!

Pour ces fêtes, s'il faut des palmes,
Je vais au loin pour les cueillir ;
Et l'aviron, pressant les scalmes,
Sur le vaisseau me fait bondir !!

Je suis la parcelle de bronze,
Qui résonne à chaque horizon,

En éveillant l'esprit du bonze
Aux accents de mon diapason !!

De l'avenir je sais les rêves,
Et poursuis les réalités,
Dont les indices sont les trêves ;
Mes accords, les affinités !!

Un jour viendra que le Génie,
S'inspirant d'un signe connu,
Inaugurera l'harmonie
Et couronnera son front nu !!

A cette heure, on verra des Fées,...
Repliant tous les étendards,
Me fixer parmi les trophées
De par la paix et par les arts !!

XCII

** CANTINIÈRE

Soldats! soldats!... dans ce village,
Je délaisse mes vieux parents ;
Pour vous suivre, en ce long sillage,
Où vont vous pousser tous les vents!...

Pourtant, on m'a dit les tempêtes
Qui vous brisent sur tous les bords ;
Et que vous appelez des fêtes...
Quand foudre et cris sont les accords!...

N'importe! j'irai sur la terre,
Où vont retentir vos grands pas ;
J'irai, sous la loi d'un mystère
Que mon cœur sent, mais ne sait pas!

Je serai forte, en ma faiblesse ;
Et mes yeux auraient des éclairs,
Si les coups de tout fer qui blesse,
Venaient à déchirer vos chairs!...

8.

Pour assister la défaillance,
Où le sang coulerait à flots,
J'aurais encore cette vaillance
Qui sait commander aux sanglots.

Et panser, selon le programme
Des humbles sœurs de charité,
Le corps, comme fait une femme ;
L'Ame, ainsi que la Piété !!

XCIII

* LA LUTTE

> En vain imitez-vous le grand
>   bruit du tonnerre,
> Foudres, qui moissonnez les
>   enfants de la terre :
> L'intrépide soldat, souriant au
>   danger,
> Demandez, aux quatre vents, si
>   le cœur peut trembler !...
> (*L'Auteur.*)

Couvrez le front de bataille,
Intelligents tirailleurs ;
Le boulet et la mitraille
Vont saluer nos couleurs !

La lame des baïonnettes
A multiplié l'éclair ;
Et, de nos vives aigrettes,
La rapidité fend l'air.

C'est le drame qui commence ;
C'est, enfin, le premier mot
Du bulletin que la France,
En sa gloire, attend pour lot !

Les soldats qui, de vos masses,
Intrépides bataillons,
Masquaient les nobles surfaces,
Ont rallié vos fanions.

A travers l'épaisse nue
Que la foudre jette au vent,
Prenez la route connue
De qui vainquit si souvent.

C'est là qu'on s'immortalise;
Et, quel que soit son destin,
L'apothéose est promise
A qui parcourt ce chemin!

Vous, dont la part de tonnerre,
Égale celle des dieux,
De la bouche du cratère,
Sachez diriger les feux.

De par l'ouragan, ton frère,
Impétueux cavalier
Que ta sublime colère
Se traduise par l'acier!

. . . .

. . . .

Avant qu'une immense épave
Témoignât de nos lauriers,
Ainsi disait la voix grave
Du vieux chef de nos guerriers.

XCIV

*** CHAMP DE BATAILLE

> La guerre !.. sainte ou atroce
> alternative, qui appelle aux as-
> sises de l'histoire la conscience
> des peuples ou des rois !!
> (*L'Auteur.*)

I.

Le canon gronde, et sa fumée
Du ciel envahit le chemin;
Le sang ruisselle, et la rosée
Mêle des perles au carmin...

II.

Tissé d'opale et d'émeraudes,
Le linceul des glorieux morts
En frémissant, répond aux laudes
Dont la brise rend les transports :

III.

C'est que le timide brin d'herbe,
Qui se confond avec la fleur,

Dit, en fidèle enfant du verbe,
L'hymne que module sa sœur...

IV.

Puis, des effluves voyageuses..,
Messagères de tout foyer !
Mêlent leurs voix mystérieuses
Aux notes de ce saint clavier.

V.

Et voici comment la couronne
D'un laurier qui ne pâlit pas,
Avec l'émail qu'elle blasonne,
« Immortalise le trépas !! »

VI.

Comment cette fière antithèse
Trouve place au cœur des vaillants ;
Comment s'explique la Génèse
De cette race de croyants !!...

XCV

* LE CONVOI DU SOLDAT

Béni sois-tu, simple cortége
Que le prêtre conduit là-bas!...
Et que le Dieu fort te protége,
Ame trempée en maints combats.

« Pauvre soldat! » clame la foule; —
« Noble dépouille! » — a dit le chef. —
« Bientôt, bientôt, le pied, qui foule,
« Sur toi, passera derechef...

« Mais, aussi, le feu des batailles,
« Imposante solennité,
« Pour saluer tes funérailles,
« Gronde au seuil de l'éternité! »

Eh! ne faut-il pas que la gloire
Vienne, parfois, brillant jalon,
Des hauts faits retracer l'histoire
Jusque dans le pli de vallon?

C'est ainsi que le cri de guerre.
Éveille de puissants échos,
Partout où sa clameur austère
Convie à des dangers nouveaux!

XCVI

LE MAUSOLÉE

Qui sait combien le cœur, sur
de telles empreintes,
Prodigue, devant Dieu, de mys-
tiques étreintes!..

(*L'Auteur.*)

Salut! fantôme de pierre,
Que je veux revoir toujours ;
Si tu lassais ma paupière,
Mon cœur braverait les jours !
Fais une garde éternelle
Au mort qui t'est confié ;
Une amitié fraternelle
A ce tertre t'a lié...
Mais, j'y songe, ta couronne,
D'immortelle et de cyprès,
Sur le gazon, qui fleuronne,
Semble railler mes regrets...
Quoi ! déjà lassé des veilles,
Tu t'inclines, pour dormir :
Est-ce ainsi que tu réveilles
Le culte du souvenir ?

9

— « L'éternité sur la terre, —
Dit le triste monument, —
« Reste un mot plein de mystère
« Qu'épelle le sentiment ;
« L'âme, unie à la matière,
« Se dégage tôt ou tard ;
« Et Dieu, foyer de lumière,
« Explique tout d'un regard ! ! »

XCVII

INVOCATION ET CONSTATATION

« Reste illustre, ô ma noble France !
Tel est notre cri d'espérance...
Et l'âme, avide de grandeur,
Au ciel demande son labeur.

« Sois prospère, ô belle contrée !
« Que baigne la mer azurée...
Et le Génie, en son essor,
Étend son aile et répand l'or.

Puis... si le clocher du village
Laisse toujours sa sainte image
Au cœur du pâtre qui combat...

La grande ombre de la patrie
Se dresse, aussi, toujours bénie
Par le citadin fait soldat !!

XCVIII

* LE MONASTÈRE (¹)

Dieu l'a voulu!.., la terrestre pensée,
Pleine d'erreurs, de troubles et d'orgueil,
Pour rendre hommage à la loi transgressée,
S'abaisse là sous des signes de deuil.

L'humilité, la paix, l'obéissance,
De ce séjour accusent la grandeur,
Et, de Sion, l'immortelle croyance
Parfume l'air et remonte au Seigneur ?

Esprits lassés des humaines tourmentes,
Songez, songez, qu'en vous poussant ici,
Le vent d'orage à vos âmes ardentes
Sut arracher un douloureux merci !

(1) On voit dans quel ordre d'idées je parle du monastère : s'il y a là un hommage rendu au libre arbitre
et une profession de respect pour certaines organisa-
tions irrésistiblement contemplatives et studieuses, je
reconnais, d'ailleurs que l'esprit d'empiétement doit en-
traîner la condamnation de toute corporation qui, pré-
variquant, serait, du reste, nulle de soi, dans la sainte
mission du travail.

Aux plis profonds du cœur qui se recueille,
Gardez, dès lors, le dictame divin
Qui, sur le mal, s'étendant, feuille à feuille,
Fasse oublier les ronces du chemin.

Et qu'au-dessus de l'imposant suaire,
Qu'étend sur vous l'austère piété,
Brille, à côté du mystique rosaire,
La croix qui dit : Liberté! liberté!

XCIX

* AUTRE QUESTION, AUTRE RÉPONSE

(Vers écrits au-dessous d'une tête de mort, peinte par
un trapiste, dans un monastère, et cités dans le
Messager de Paris du 6 décembre 1859.)

« Squelette, qu'as-tu fait de l'*âme?*

Lampe, qu'as-tu fait de ta *flamme?*

Cage déserte, qu'as-tu *fait*

De ton bel oiseau qui *chantait?*

Volcan, qu'as-tu fait de ta *lave?*

Qu'as-tu fait de ton maître, *esclave?...*

Mme ANAÏS SÉGALAS.

Réponse faite par l'auteur du présent Recueil, et in-
sérée, le 11 dudit, dans le journal précité.

« A l'Éternel revient toute *âme;*

Vers le ciel monte toute *flamme;*

Et, quand sa liberté se *fait*,
Ainsi de l'oiseau qui *chantait*.
Du volcan, pour trouver la *lave*...
Cherche entre le maître et l'*esclave*!...

C

* LE LAC

Son doux regard mire l'étoile,
Ou le soleil, ou les éclairs;
Même, jamais il ne se voile
Quand la tempête fend les airs!

Serait-ce là le signe austère
Qui ferait comprendre que Dieu.
Devant tous les bruits de la terre,
Reste calme comme ce lieu?...

CI

* BRUTALITÉ

« Allons ! allons ! c'est assez vivre,
« Vous qui passez par mon chemin ;
« Dépêchez-vous, j'ouvre mon livre
« Pour compter avec le destin !

« Le râle est un signe infaillible,
« Pour qui répond à mon appel ;
« Que cet indice intelligible
« Soit traduit par chaque mortel !

« Que la gamme soit épuisée :
« Que chaque ton soit bien rendu ;
« Que l'homme, enfin, de sa lignée,
« Me laisse un type bien fondu !

« Les douleurs ont leur harmonie :
« J'en fais mes concerts les plus chers ;
« Et l'humanité, qui la nie,
« Y mêle ses regrets amers...

9.

« Suivez la voie informe et sombre,
« Où je passe le sceptre en main !
« Que dites-vous du jeu de l'ombre ;
« Que dites-vous de mon butin ?...

« Allons ! allons ! c'est assez vivre,
« Vous qui passez sur mon chemin ;
« Dépêchez-vous, j'ouvre mon livre
« Pour compter avec le destin!... »

Ainsi parle, dans sa colère,
Cette sceptique d'avenir...
Sinistre et triste messagère,
Que l'athée écoute rugir ! !

CII

* URBANITÉ

« Inclinez-vous, mes lis, mes roses,
« Mes boutons frais, mes fleurs écloses ;
« Je moissonne pour un hymen
« Qui vous promet un autre Eden!

« Pour ce travail, mystique arcane,
« Dans les airs, nuit et jour je plane :
« Et parcours l'espace éthéré,
« De lumière le front paré.

« Mon aile, que l'on dirait blanche
« Si la couleur de la pervenche
« Ne s'y fondait légèrement,
« Brille comme le diamant.

« Et son essor, que rien n'arrête,
« De tout zénith trouvant le faite,
« Au plus splendide des printemps,
« Vous donnera pour tous les temps!! »

Ainsi dit l'ange tutélaire,
Quand il étale le suaire
Sur ce val... où, d'un vain effroi.
Nous subissons l'étrange loi!

CIII

* ADIEU

Adieu!... Quand ce mot vibre au berceau de l'enfance,
D'une mère attendrie il annonce l'absence ;
Et le repos du fils est alors confié
A celui qu'en son âme elle a glorifié !

Adieu!... Si le marin te reçoit sur la grève
C'est que la fiancée, objet de son doux rêve,
A voulu conjurer, par un pieux soupir,
L'ouragan sur la mer, le deuil dans l'avenir !

Adieu!... Pour le soldat que la bataille appelle,
C'est d'un civique vœu la forme solennelle
Qu'en ses plis lacérés rapporte le drapeau...
Comme un lointain salut !... envoyé du tombeau !

Adieu!... mot qu'on entend dès l'aube de la vie ;
Adieu ! mot qui bruis, alors qu'elle est ravie,
Comme un dernier baiser sur la cendre des morts :
Adieu ! concert des cœurs, bénis soient tes accords !

CIV

** RAMÉE (n° 6)

Lorsque le voyageur, qui commence sa course,
Du fleuve de la vie admire encor la source ;
La rive a pour ses yeux, des fleurs sur tous ses bords,
Chaque brise un parfum, de sublimes accords !...

Au milieu du trajet surviennent les orages ;
Au terme... les flots durs ; les débris, les épaves ;
Et mesurant, enfin, le chemin parcouru,
Le cœur cesse de battre... et l'âme a disparu !!

CV

* TOUT N'EST PAS DIT

Tout n'est pas dit, quand le cierge mystique
N'éclaire plus, de ses pâles lueurs,
La sombre alcôve où le buis symbolique
Sur le suaire a prodigué des pleurs!

Tout n'est pas dit, quand, sous l'étroit portique,
Sourd et gémit, en de saintes clameurs,
Le lamentable et funèbre cantique
Qui, de la mort, proclame les douleurs!

Tout n'est pas dit, quand, dans la basilique,
S'élève encor la tourmente des cœurs;
Et, sous l'arceau de la maison antique,
Avec l'encens, mélange ses ferveurs!

Tout n'est pas dit, quand le chant liturgique
A consacré le don des fossoyeurs,
Et que le bruit du cercueil magnétique
A fait appel à d'autres voyageurs.

Tout n'est pas dit!... car l'élan ascétique,
D'un pôle à l'autre imposant ses ardeurs,
Prouve la loi, sacrée et fatidique.
Qui, pour notre âme, a voulu des grandeurs!

CVI

** PARIS VU DU CIMETIÈRE
PÈRE LACHAISE

> Agapes de la mort... de par
> la Foi! je sourirais à votre ban-
> quet...
>
> (*L'Auteur.*)

Un jour, je montais la colline,
Qui s'élève à notre orient;
Où le vieux haillon et l'hermine
Se rencontrent en saluant!...

Par l'Occident sollicitée,
L'heure, dans son trajet fatal,
S'était déjà précipitée
De son domaine sidéral!...

Tout était emblême; et la vie,
Mystérieuse en sa splendeur,
De la mort ne semblait suivie
Que pour toiser toute grandeur!...

Vers le couchant, l'horizon sombre,
En montrant des tons nébuleux,
Me semblait bercer la grande ombre
De Babylone, sous les cieux !..   .

C'était *Paris,* cité rieuse,
Qui, dans un repos affolé,
Pour une nuit voluptueuse...
Attendait un ciel étoilé !!

Mais une croix, sublime emblême,
En dominant le val d'amour.
Protégeait contre l'anathème
Par ce que *Christ* a dit un jour !

... Que du cœur, donc, l'humble lignée,
Aille bénie au Rédempteur,
Quand la bouche sera signée
Par la prière ou la douleur !...

. . . .

. . . .

Et puis !... c'était le temps des roses...
Qui, sur le bois couvert de lin...
Épandent leurs apothéoses...
S'il s'agit de Vierge et de Fin !!

CVII

* LE CIMETIÈRE

> La vraie philosophie n'est
> autre chose que l'étude de la
> mort.
>
> (NEWTON.)

C'est ici que la nuit est sombre !
Ici, que la fraîcheur de l'ombre
Transit le cœur du pèlerin ;
Ici, que la pensée abonde
En dédain des choses du monde,
De l'histoire et de son burin !

C'est ici que le front qui penche,
Comme incliné par l'avalanche,
A de mélancoliques pleurs :
Ici, que l'âme, qui s'élance
Et fuit la terrestre espérance,
Brûle de sublimes ardeurs !

C'est ici que la croix est sainte !
Ici, qu'elle envahit l'enceinte

Où dorment les fils, les aïeux;
Ici, que passe la couronne,
Dernière fleur que le cœur donne
En s'élevant jusques aux cieux!

CVIII

** INTERPELLATIONS

Combien d'heures se sont passées
Sur ta tombe, où venaient prier
Toutes les âmes angoissées
Qui voulaient ne pas t'oublier?..

— « *Pour moi, l'éternité commence*
Dit l'ombre, — d'une étrange voix, —
« *Cherche, dans un espace immense,*
« *Quelqu'autre trace de la croix !! »*

Plus loin?.. je rencontre l'épée
D'un soldat grand comme César!..
La lame, parlant d'épopée,
Évoquait le maître et le char!..

— « *Indiscrète,* » — répond l'histoire —
« *Laisse donc reposer son bras !*
— « *C'était hier,* » — dit la Mémoire —
« *Qu'on parlait du bruit de ses pas!!* »

Dis-moi, — de par tes hiéroglyphes, —
Vieille terre des Pharaons,
Depuis quand tes sphinx ont leurs griffes
Sur les signes de ces grands noms ?

— « *Je prends en pitié tes demandes.* » —
Fit un esprit, qui surgit là —
« *Les morts sommeillent sans calendes,* »
— Alors !.. ma bouche se scella !!

CIX

* TRADITION ET ACTUALITÉ

> Un grain de philosophie dis-
> pose à l'athéisme ;
>
> Beaucoup de philosophie ra-
> mène à la religion.
>
> (PLATON.)

I.

Golgotha! saint parvis du temple universel
Dont le dôme est l'espace et la croix est l'autel,
Salut! trois fois salut! ô colline sacrée,
Phare de l'avenir ; terre prédestinée :
De Bethléem à toi le doigt de Jéovah
A tracé le chemin, et le geste a dit : Va !...

II.

Humble fils de David, ta mission immense
Signale au monde entier la nouvelle alliance ;
Dans tes murs consacrés, mystérieux Nasra (1).

(1) Nazareth.

Le doux nom de Jésus jusqu'au ciel grandira ;
Et l'esprit, envahi par la sainte pensée,
Brillera de l'éclat de la foi confessée !...

III.

Et le Christ apparaît !! à son puissant regard,
Qui mine de l'erreur l'orgueilleux boulevard,
Succède cette voix qui, dominant le pôle,
Pour vaincre selon Dieu, sème la parabole !..

IV.

Disciples du Seigneur, heureux initiés,
A ses enseignements vous voilà conviés :
Oh! de l'immensité partagez-vous les lignes ;
De la loi du rachat vous connaissez les signes ;
Le maître, à chaque pas, les prodigue à vos yeux ;
Votre cœur retiendra leur sens mystérieux :
Au temple de Sion, le denier de la veuve
Devant le Sauveur même inaugure l'épreuve.
Et le précepte saint, — *tout étant consommé,* —
Par Joseph de Rama (1) vous sera confirmé !

. . . .

. . . .

(1) L'ancienne Arimathée.

V.

Ainsi disaient les temps, quand, aux voix prophétiques,
Succédaient la *nouvelle* et les joyeux cantiques,
Et les temps ont marché! mais le pauvre orphelin
Trouve encor, sur sa route, un vêtement de lin;
Et le pain se partage; et l'anxiété veille
Au chevet du mourant qu'une femme surveille.
Et le ministre saint de la Divinité
Parle miséricorde à la fragilité...

FIN.

TABLE DES MATIÈRES.

Paris.-Imp. PAUL DUPONT, 41, rue Jean-Jacques-Rousseau. 3979

IMPRIMERIE ADMINISTRATIVE DE PAUL DUPONT

RUE JEAN-JACQUES ROUSSEAU, 41

www.ingramcontent.com/pod-product-compliance
Lightning Source LLC
Chambersburg PA
CBHW070900030726
47504CB00005B/1409

* 9 7 8 2 0 1 9 1 9 9 1 7 3 *